■ 國家圖書館出版品預行編目（CIP）資料

閱讀表達與公民素養／康雲山等編纂；王淑惠主編. 一
　　初版. 一 高雄市：麗文文化，2015.9
　　　面：　　公分
　　ISBN 978-957-748-623-3（平裝）

　　1. 國文科　　2. 讀本

836　　　　　　　　　　　　　　　104016108

閱讀表達與公民素養

初版一刷‧2015年9月　初版四刷‧2018年9月

主編	王淑惠
編纂	康雲山、高碧玉、楊劍豐、林麗美
責任編輯	張如芷
封面設計	余旻禎
發行人	楊曉祺
總編輯	蔡國彬
出版者	麗文文化事業股份有限公司
地址	80252高雄市苓雅區五福一路57號2樓之2
電話	07-2265267
傳真	07-2264697
網址	www.liwen.com.tw
電子信箱	liwen@liwen.com.tw
劃撥帳號	41423894
購書專線	07-2265267轉236
臺北分公司	23445新北市永和區秀朗路一段41號
電話	02-29222396
傳真	02-29220464
法律顧問	林廷隆律師
電話	02-29658212

行政院新聞局出版事業登記證局版台業字第5692號

ISBN 978-957-748-623-3

麗文文化事業　　　　　　　　　　　　　　定價：350元

編輯大意

一、本書由南臺科技大學通識教育中心五位專任教師共同研擬
　　編撰，提供大學國文教學之用。

二、全球化時代的到來，現代公民必須具備倫理、民主、科
　　學、美學、媒體的素養，方有足夠的決斷力面對資訊多元
　　的社會。本書以此為依據選編相關之篇章、設計對應之活
　　動與討論內容，冀求文學素養、閱讀表達能力與現代公民
　　素養之陶塑能相互融貫。

三、本書篇章分倫理、民主、科學、美學、媒體五大素養，各
　　大素養包含四或五單元，並以導論總括各單元對應之素養
　　內容。每單元均標示主題，其項目包含單元介紹、作者介
　　紹、選文作品、延伸閱讀、活動與討論。

四、本書所選篇章，皆經正式簽署授權，內容如有謬誤遺漏，
　　尚請 賢達方家不吝賜正。

目　錄

PART 1 倫理素養

導 論

　　現代公民在日常生活與專業情境中，會遇到各種倫理抉擇與難題，其中涉及價值、義務、角色等衝突。為使讀者對「倫理素養」有一定程度的涉獵與了解，首先以「家庭」為核心，依「婚戀」、「育兒」、「亡逝」等生命中的重要課題，選出相應的篇章，如：

　　「婚戀」的部分選出《詩經》首篇〈關雎〉，男子追求女子的理性過程及美好結局，提供現代男女理性談愛的參考。

　　「育兒」的部分選出〈父子臍帶〉記述母親懷孕、生產、育兒的經驗史，現代父親也必須學習「家庭」學分，負起共同責任。〈查某囝的笑聲〉運用臺語詩的擬音文學技巧，記錄青春期女兒悅耳的笑聲。

　　「亡逝」的部分選出宋代首篇悼亡詞〈江城子〉，記述夫妻結髮於青春年少時，中年喪偶，雖生死相隔十年，仍情深意切。

　　其次以「社會」為核心，依「規範」、「同理」、「寬容」等生活於現代社會中的重要課題，選出相應的篇章，如：

　　「規範」的部分選出《荀子》〈禮論〉（節錄），人生世間有各種欲望，也有因立場與價值觀不同，對各種制式的律法產生摩擦與衝突。為避免各種爭奪與混亂，聖人制定了禮儀來加以規範與約束。

　　「同理」的部分選出《論語・衛靈公第十五》，三千年前的孔子，一語道破立身處世的最高原則──「恕」，恕的具體作法就是「己所不欲，勿施於人」。

　　「寬容」的部分選出《新序・雜事》，以梁、楚邊境種瓜所發生的小故事，傳達以德報怨的意義。

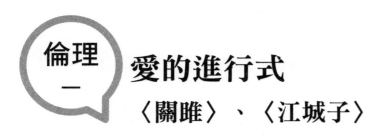

愛的進行式
〈關雎〉、〈江城子〉

◎ 單元介紹

　　〈關雎〉是《詩經》首篇，十五國風之始，內容是男子追求女子的理性過程及美好結局。全詩分四章，以「興」的方式，「先言他物，以引起所詠之辭」的作法。首章以「關雎」起興，男子於黃河岸邊，聽到沙洲上雎鳩鳥和諧的鳴叫聲，不禁想求娶那位美麗賢淑的女子。次章以下，分別以「觀察、選擇、採摘」漂浮在水面「荇菜」起興，來比喻追求過程的挫折、相互了解、對美好結局的期待。這首流傳於二千多年前的古老民間戀歌，流傳久遠，影響廣大。孔子曾讚美此詩「樂而不淫，哀而不傷」，即指追求過程中或挫折或美好，都應在理性平和中進行。〈關雎〉中君子求娶淑女的態度，值得許多看似率性談愛，實則自傷傷人的現代人效法。

　　悼亡詩始自《詩經》，悼亡詞則由蘇軾首創。蘇軾十九歲時娶妻王弗，少年夫妻官居京師，恩愛情深。可惜天命無常，王氏於治平二年（1065）五月，年僅二十七歲卒於京師。王氏逝去十年間，蘇軾因反對王安石變法避禍離京，卻連遭政敵打壓而輾轉遷移。〈江城子〉作於蘇軾調任密州（今山東諸城）知府時，遭逢連年歉收、盜賊滿野的凶年，生活困苦導致以野菜為食。熙寧八年（1075）正月二十日，蘇軾夜夢王氏，悽楚哀惋，於是寫下這首流傳千古的悼亡詞。

　　「十年生死兩茫茫」是時間上的生死相隔，其間困頓一言難盡。

「不思量」、「自難忘」並列兩組看似矛盾的心思，凸顯不因困頓的現實而遺忘昔日歲月靜好的青春記憶。「千里孤墳，無處話淒涼」，是空間上相隔千里，無法親臨墳前悼念的無奈。「縱使相逢應不識，塵滿面，鬢如霜」，「縱使相逢」這個絕望的假設是現實與夢幻的交混，死別十年後的種種艱難，加速了蘇軾容顏與形體的蒼老衰敗，展現深沉、悲痛的思妻情感。

〈江城子〉雖是「記夢」，其實僅有下片五句與夢境有關。夜裡忽然夢回故鄉，王弗一如昔時端坐小室內臨窗梳妝。久別重逢，應是互訴衷情，竟以千行淚傳達無言的沉痛，顯得夢境的無限淒涼。結尾「明月夜，短松岡」，回到幽深淒切的現實，詞意綿綿，餘音不絕。

◎ 作者

《詩經》約成書於西周初年至春秋中葉（B.C.11-B.C.6），是中國最早的一部詩歌總集。《詩經》的內容分為風、雅、頌三大類，風是地方民謠，共有十五國風（周南、召南、邶、鄘……）；雅是朝廷演唱的樂章，頌揚盛世為正雅、諷刺衰世為變雅；頌是祭祀宗廟時有歌、樂、舞的綜合表演。《詩經》共三百零五篇，作者除了在詩中自書姓名，或記載於其他古書中之外，大多數無從考證得知。

◎ 選文

關雎

關關雎鳩，在河之洲[1]；窈窕淑女，君子好逑[2]。

參差荇菜，左右流之[3]；窈窕淑女，寤寐求之[4]。

求之不得，寤寐思服[5]。悠哉悠哉，輾轉反側[6]。

參差荇菜，左右采[7]之。窈窕淑女，琴瑟友之。

參差荇菜，左右芼[8]之。窈窕淑女，鐘鼓樂之。

1　關關雎鳩，在河之洲：在黃河的沙洲上，有雎鳩鳥關關地鳴叫著。關關，擬聲詞，鳥鳴聲。雎鳩：一種水鳥，傳說雎鳩鳥雌雄相愛，形影不離，若一隻先死，另一隻便憂傷不食，憔悴而死。

2　窈窕淑女，君子好逑：美麗善良的女孩，是君子的好配偶。窈，美心。窕，美狀。

3　參差荇菜，左右流之：高高低低的荇菜，或左或右的飄浮。荇菜，水生植物，可食用。

4　寤寐求之：日夜都想追求她。寤，覺醒。寐，睡著。

5　思服：思，語助詞。服，思念。

6　悠哉：悠，長。哉，語助詞。

7　采：同採。

8　芼：音ㄇㄠˋ，選擇。

◎ 作者

　　蘇軾（1037-1101），字子瞻，號東坡居士，宋眉州眉山（今四川）人。北宋著名文學家，與父蘇洵、弟蘇轍三人，合稱「三蘇」。仁宗嘉祐二年（1057）進士，歷任翰林學士承旨、侍讀學士、禮部尚書等職。神宗熙寧年間，因反對王安石變法遭貶謫，調任杭州通判，再調任密州（今山東諸城）、徐州（今江蘇銅山）、潮州（今浙江吳興）等地。元豐二年（1079），因「烏臺詩案」被貶為黃州團練副使（今湖北），紹聖元年（1094）再貶至惠州（今廣東惠陽）、儋州（今海南島）。徽宗靖國元年（1101）遇赦北還，病逝於常州（今江蘇常州），諡文忠。

◎ 選文

江城子　　乙卯正月二十日夜記夢
蘇軾

十年生死兩茫茫[9]。不思量，自難忘。千里孤墳，無處話淒涼。縱使相逢應不識，塵滿面，鬢如霜。　　夜來幽夢[10]忽還鄉。小軒窗[11]，正梳妝。相顧無言，惟有淚千行。料得年年腸斷處，明月夜，短松岡。

9　生死兩茫茫：生者死者兩邊俱無消息。茫茫，不明的樣子。

10　幽夢：隱隱約約的夢境。

11　軒：軒，窗。

◎ 延伸閱讀

1. 阿盛，〈愛的故事〉，《行過急水溪》，臺北市：九歌，2010。

2. 林海音，《婚姻的故事》，臺北市：城邦文化，2000。

◎ 活動與討論

1. 《詩經》中「君子」共有六十篇，用以指稱周天子的有十四篇，用以指稱諸侯、官員、將士的有三十六篇，沒有明顯官職的有十篇，顯然〈關雎〉中的「君子」是具有地位的領導者，至於「淑女」是兼具內德美貌的女子。〈關雎〉中的「君子、淑女」既是理想的擇偶標準，你認為現今社會的擇偶標準與周朝人的擇偶標準有何異同？

2. 請回家傾聽父母敘說人生經歷，並依「生長背景、求學歷程、愛的故事、婚姻家庭、子女照護、社會歷練」等主題，與父母對話、傳承經驗，寫成專屬父母的〈青春記事〉。

（王淑蕙編撰）

你是我的最愛
〈父子臍帶〉

◎ 單元介紹

　　人因為父母結合成家而來到世間；因為父母一路呵護照顧而成長，並且至父母離開人間後，父母之愛仍然伴隨我們。因此，父母子女親情成為古今文學創作永不消褪的主題。簡媜自生子而為人母後，其丈夫乃克盡父親的責任，學習育兒的事情。簡媜在旁邊仔細觀察丈夫育兒的情節，以及父子之間的關係情感，將之書寫成〈父子臍帶〉一文。

　　〈父子臍帶〉是從簡媜《紅嬰仔》一書節選出的片段。《紅嬰仔》這本書是記述簡媜懷孕、生產、育兒經驗，以及她以一個女人身分觀看自己，對於自己的「密語」（竊竊私語），是一個女人的育嬰史。

　　《紅嬰仔》全書分成三十四個部分，〈父子臍帶〉是第二十九節，內容是寫一個從未做過家事的男人，當了爸爸後的育兒瑣事。文章開頭先論述過去的婚姻結合模式與現代的差異，過去的時代，男主外，女主內，男人不幫忙家務，不裸抱小孩；現代則主內、主外的界線模糊了，男人也必須學習「家庭」學分，負起育兒責任。然而，大部分男性還是沒有學習為家務付出，而簡媜的先生則是少見的、願意學習家務的人。有了這段論述作為鋪墊，之後則敘述孩子出生到 2 歲，孩子的爸爸育兒的具體情節。簡媜對孩子的爸爸育兒的情節，觀

察得很仔細，描述得很具體、細膩，把父子之間的關係、情感，寫得很生動、感人，好像一部「紀錄片」，一幕幕呈現在讀者面前，父子親情令人印象深刻。

　　簡媜除了具體地描繪孩子的爸爸育兒的情景，又善於創造新穎、鮮明、生動的喻象譬喻家庭生活的現象，如：以「家庭股份有限公司」譬喻現在的婚姻關係；用餐桌上的「醬菜」譬喻過去的婚姻關係；形容兒子被丈夫抱時的模樣「狀若耶穌上十字架」；以前的男性不會照顧嬰兒，只會扮演「可移動、會發出聲音的家具」等，均給人深刻的感受。

◎ 作者

　　簡媜（1961-）原名簡敏媜，臺灣宜蘭冬山鄉人。臺灣大學中國文學系畢業。現為專業作家。曾獲得第一屆臺文文學獎散文組第一名、第一屆全國學生文學獎大專散文第一名、第二十屆國家文藝獎散文獎，1999 年以《女兒紅》入選為臺灣文學經典，2000 年以《紅嬰仔》入選九歌主辦的 88 年度散文獎、第三屆臺北文學獎散文類文學創作獎。

　　簡媜從高中就開始創作，創作歷程，勇於向自己挑戰。多年來以計畫性寫作的方式，不斷翻新題材，挑戰創作技巧，嘗試新的表現形式，每一本書都是一個生命議題。至今已出版《水問》、《紅嬰仔》等十多本散文專著。

◎ 選文

父子臍帶

簡媜

　　孩子爸爸做夢也沒想到，結束十七年異國生涯返臺不到三個月，不僅結了婚，還得迎接一個小嬰兒。

　　如此柳暗花明又一村的際遇，對前中年期[1]男子而言，也是雙重考驗。

　　做父母，必須從頭學起，男性比女性更得費工夫用心學習。女性擁有某些細膩、精準的天賦，使她在面對嬰兒時能很快抓住重點，知道從何做起。男性則較遲緩，加上從小倍受呵護，無需發揮這種能力，家庭、社會也不鼓勵男性善體人意、體貼入微或體察他人感受，因此，在嬰兒面前，男性幾乎只會扮演「可移動、會發出聲音的家具」。

　　過去的婚姻結合模式與現代不同。我的祖母與母親那輩女人從不抱怨男人不幫忙家務、不襁抱小孩，相反地，她們之中有人還看輕進廚房或幫太太晾[2]衣服的男人呢。現代婚姻則是兩個完整的圓圈的交集，「主內」、「主外」的界限模糊了，各有各的事業、經濟、人際、興趣，誰也不能強制要求對方為自己犧牲。在過去的婚姻裡，「犧牲」這道菜總是夾

1　前中年期：國內心理學者張春興以四十五到六十五歲為中年。由此推知，三十五歲開始可稱為「前中年」，四十歲進入中年。

2　晾：音 ㄌㄧㄤˋ，把東西放在通風處吹乾，或曝曬之意。

給女性吃，並被視作婦德的表現；在現代，小倆口的餐桌上若還有這道醬菜，其後果不輸在床鋪上放一枚地雷[3]。

因此，當現代女性重新修「家庭」學分時，男性也必須學——而且，由於過去「曠課」太久，更應加倍用功，免得被「當掉」。

「家庭學」至少包含：自我實現[4]（生涯規劃）、夫妻共同成長、親子關係（上及父母下至兒女）、經濟實力及人際網絡五大項。每椿婚姻對這五項的比例分配各有不同，誰也無法借他人藍圖。當然，也只有自己才能設定是五分之二抑或五分之四不及格時，才把婚姻「當」掉。

我更喜歡用籌組「家庭股份有限公司」的合夥人關係來替代「婚姻」——這個舊名詞讓我聯想到孳生登革熱病媒蚊的廢輪胎。既是股東，即享有同樣的權利義務，雙方必須同心協力貢獻所長，開拓業績，創造利潤。

沒有一家公司的經營者能容忍合夥人長期虧空或擅自在外招募股東（外遇），或得罪資深顧問（父母）、虐待一級主管（子女）……。

大部分的女性不會要求男性必須身懷十八般武藝，做起家務像資深菲傭般利索。女性更在意的是，男性是否秉持真誠與責任，為共同的家庭公司付出。

一見鍾情時的愛只是火種，建立在均衡、公平原則上持之

3　地雷：地雷是一種放置或埋在地下的爆裂物，經常被用來殺傷經過的敵方人員或車輛。

4　自我實現：一般係指內在潛能的展現，使自我成為真正要成為的自己。

以恆的付出是柴薪，唯有如此，這愛才能繼續發出光熱，才能把根鬚扎入地層，才能成為百千萬億人中唯一不可替代的另一半。

孩子的爸爸是少見的、願意學習「家庭公司」業務的人。他從小到大（與我結婚之前）恐怕沒做滿一籮筐家務，平時最愛窩在研究室「想」研究──想得出，正好一鼓作氣想下去，自然不會離開研究室；想不出，心裡不服，更不會踏出研究室。因而，堪稱是普遍存在於學院裡的「研究室動物」。

小傢伙一出生，他的生活像平靜的高山湖泊，有人開來一部挖土機。

剛開始，他抱小傢伙的樣子讓人捏一把冷汗，其狀若耶穌上十字架，小傢伙是垂頭耶穌，他是那架子。經每日練習，倒也進步神速。換尿布的手法也不夠精緻，像發酵過度的大包子，後來差強人意。他對自己的「手眼協調」沒信心，不敢幫小傢伙洗屁股、洗澡，僅做些類似二廚的事，放水、備巾之類，待我這大廚出馬料理。

孔夫子因材施教理論放在育兒分工上也通，他專揀擅長的做，如：沖泡牛奶、洗奶瓶、購買嬰兒必需品。對我而言，只要他願意做，不嫌遲也不嫌少。

到了現代，男性比女性更應該問：「為什麼我要參與、分擔育兒雜事？為什麼我要陪孩子成長？」我之所以這麼提問，乃因為在我眼中，大部分男人是不懂得怎麼作爸爸的。因此，他們與孩子的關係若非建立在僵化的權威上即是形同

虛設，而二者殊途同歸。

　　男人最常用「等待」與「補償」這兩條破抹布搗女性與孩童的嘴：要求對方等待以及將來我會補償。用這兩種句型造句即是：等小孩六個月時，我會推他出去散步；等他一歲，我會開車帶他去動物園；等他六歲，我會帶他去旅行……。

　　忽然，小孩長大了，不需要你了。

　　小傢伙的爸爸沒有缺席，他認真地做著每一項瑣細的育兒雜事，其意義不在於協助我，在於一點一滴建立他與兒子的親密關係——這是他的權利也是機會。當這條柔軟且甜蜜的「父子臍帶」建成，將來，他們即能直接對話、互動，無需透過我這個媽媽。

　　小傢伙滿一歲以後起得早，約清晨六點即醒，喝過牛奶後，孩子爸爸抱他出去散步。附近小公園有老先生、老太太做香功，父子倆在一旁看，也算另一種香功，鄰居們對他天天抱兒子散步都留下好印象。有幾次，孩子的爸爸奇怪，小傢伙怎麼自個兒在揮手？後來發覺是小公園對面二樓一個老奶奶探頭與小傢伙揮手之故。因而每日踱[5]到那兒，總會與她點頭問好。有一天，老奶奶從二樓窗口丟一塊餅乾下來，說給小傢伙吃。又有一天，她丟兩塊餅乾下來……。沒見過她在附近活動，也許不良於行吧！

　　孩子爸爸抱小傢伙散步的身影，說不定已成為老奶奶每天早上必看的風景。

5　踱：音ㄉㄨㄛˋ，慢步走路。

　　有一回，正值父子倆黃昏散步之時，一位高中生放學返家，經過他們，看了一眼，走沒幾步，又回頭看一眼，大約忍俊不住[6]，乾脆對孩子爸爸說：「欸，你長得很像你兒子耶！」

　　孩子爸爸聞言，糾正他：「是我兒子長得像我啦！」不過，若依照「孩子是大人的父母」這句話，那位糊里糊塗的高中生說的也不錯。

　　雖然，大部分時間小傢伙還是黏我，但漸漸有些事，他指名要爸爸做。

　　晚餐時，他坐在餐椅裡，由我們餵飯。孩子爸爸餵的次數較多，有時，小傢伙不要我餵，咿咿啊啊自己捧起飯碗遞給爸爸，要爸爸餵。

　　「撒嬌！」我說。

　　大熱天，父子倆都理平頭，我看他倆的模樣甚覺好笑，不免嘲一嘲：「好一個老賊禿跟小賊禿！」

　　一歲三個月左右，小傢伙認得爸爸的車、自己的家。我在床上疊衣服，他看我一落落分類好，會抓起爸爸的襪子爬向五斗櫃，站起，開抽屜，把襪子塞進去。

　　「你兒子連你的襪子放哪裡都知道哩！」我對他說。

　　那陣子，小傢伙早上看爸爸開車上班竟哇哇哭起來，吵著要跟。再大些，他明白爸爸「上班去」，會站在門口非常賣力地揮手，以他的大嗓門說：「爸爸，再見、Bye-Bye 啦！」

6　忍俊不住：發笑不能自制。

晚上回家，他會說：「爸爸下班啦，散步！」

　　平日家居，只要是小傢伙的事，孩子爸爸之謹慎小心勝我數倍。生了病看醫生，他會詳細問清楚醫生開了甚麼藥（其狀若教授給學生口試），回到家先查藥學系學生必備的《常用藥物手冊》，弄明白他兒子要吞的那些藥有什麼副作用。若打破玻璃罐，他嫌我打掃、擦拭得不夠徹底，乾脆自己再擦幾遍，以掌敷地確信連玻璃原子都無才放心。凡小傢伙的餐具、吃食，他的要求簡直近乎潔癖，我們家可能是屈指可數的，以奶瓶消毒鍋消毒奶瓶至小孩兩歲的家庭。我雖覺得不必如此，但依然照他的意思做──反正沒壞處，而且大多是他洗奶瓶的嘛！

　　起先，我以為他做的只是一個現代爸爸最起碼該做的事，後來才從周遭親友間比對出他的「優異」；原來，有那麼多男性年紀一大把了還停留在「被寵壞的小男孩」位階，以至於拒絕長大、抗拒學習如何做爸爸。他們不願意進入父親角色，想盡辦法規避、逃逸，甚至一走了之。

　　他們不明白自己失去了多麼珍貴的事物。

　　不管父親有沒有在現場，小孩都會長大。至於成長過程裡的某些空缺，等他大了，自有自己的詮釋與評判。我與孩子爸爸都是看重付出與責任的人──可以不玩這遊戲，要玩，就得認真。我們無意頂戴「模範」之帽，只是自覺既然帶一個生命到這世上，就應盡力營造較好的環境供他成長、學習。我們是他最親的人，若我們不盡責，誰為他盡責？

　　我相信小傢伙都理解，每一日每一夜，我們給他的愛源源

不絕。因著這一份親密，若有十個執新奇玩具、五彩糖果的女人站在他面前，他會走向空著手的媽媽；若有十個拿各式各樣玩具、餅乾的男人在他面前，他也會走向理平頭、戴眼鏡、手裡什麼也沒拿的爸爸。

原因無他，親情就是唯一的解答。

◎ 延伸閱讀

1. 簡媜，《紅嬰仔》，臺北市：聯合文學，1999。
2. 張曉風編，《親情》，臺北市：爾雅，1998。

◎ 活動與討論

1. 臺灣有許多育兒歌，分組蒐集、演唱分享。
2. 全班合唱鳳飛飛演唱、羅大佑作詞譜曲的〈心肝寶貝〉。
3. 分組報告〈父子臍帶〉、藍淑貞〈查某囝的笑聲〉、〈心肝寶貝〉所蘊含的心境。

（康雲山編撰）

心肝寶貝
〈查某囝的笑聲〉

◎ 單元介紹

〈查某囝的笑聲〉選自藍淑貞的第一本臺語詩集《思念》，由臺南市藝術中心出版，收錄自 1997 年到 2000 年春的作品。

藍淑貞的女兒就讀高二時，面臨選擇組別的苦惱，有一陣子，女兒的笑聲沉寂了，做母親的感到很憂心。有一天，女兒又唱著歌回家，藍老師又聽到女兒的笑聲，覺得特別悅耳，於是就把這種感覺化成詩篇。

宋澤萊說：「笑，本來是抽象的，作者利用文學的技巧，用輕快、歡喜、滿足的字句，將女兒的笑容、笑聲具體化，可以撿起來譜歌，再將笑容、笑聲掛在樹尾，貼在客廳，讓所有的親朋好友都看得到、聽得到，表現出為人父母疼惜孩子的心情。」

何信翰為《網內夢外》寫序文時說，藍淑貞的詩，用字雖然淺白，但對臺語的深刻語感和音感，念起來有特別的味道，像《臺灣圓仔花》中的〈茶味〉，「點規厝間柔軟的燈光／親像挂（tú）泡出來／凍頂的茶湯／清黃仔清黃／／」；「我共規厝間的笑容／規塗跤的笑聲／輕輕抾起／譜一首好聽的歌詩／等天卜光的時／掛佇樹尾／貼佇客廳／予院的朋友親情／攏有看著伊真媠的笑容／聽著伊響亮的笑聲／／」，她的詩一直帶給讀者溫暖的感覺和正向的意念，也一直流露出對臺灣這塊土地的關心。藍老師的詩，兼具女性的特質和地道的

臺語口音，是一個很有特色的詩人。

　　因為她的詩極具音樂性，所以除了陳武雄為她譜寫《思念臺語合唱曲集》專集，由高雄紅木屐合唱團合唱，並出版 CD 外，名作曲家王明哲、林慧哲也替她譜曲。

◎ 作者

　　藍淑貞（1946-）原任高中、職國文教師，自 1994 年（83 年）感悟到「臺灣囡仔袂曉講臺語」的悲哀，由臺南市鄉城臺語讀書會到臺南市菅芒花臺語文學會、紅樹林臺語推展協會，開始研究臺語、推動臺語；為了破除「臺語沒有文字」、「臺語不能上檯面」的偏見，開始寫臺語詩文，在學校推動臺語的說、唱、書、寫，並和黃勁連、施炳華創辦臺江臺語文學雜誌。曾獲南瀛現代詩創作獎首獎；臺南市散文集結成冊正獎；教育部推展母語傑出個人貢獻獎；臺南大學傑出校友獎等。著有臺語詩集：《思念》、《臺灣圓仔花》、《走揣臺灣的記持》、《臺灣花間集：臺灣植物生態臺語詩集》、《網內夢外》；臺語散文集《心情的故事》；現代臺灣囡仔歌詩集《愛食鬼》、《雷公伯也》及《最新臺灣三字經》、《臺語說唱藝術》、《細說臺灣諺語》、《臺灣囡仔歌的教學佮創作》、《臺語演講得勝祕訣》等。

◎ 選文

查某囝的笑聲（臺語詩）

藍淑貞

阮查某囝[1]的笑容

親像春天當開的花蕊

開甲[2]芳芳芳[3]

甜甜甜

予阮心頭醉

阮查某囝的笑聲

親像掛佇窗前的風鈴

叮叮噹噹

落甲規[4]塗跤[5]

1　囝（kiánn）：閩南語稱兒女、孩子為囝。唐・顧況〈囝〉詩：「囝生閩方，閩吏得之……。」為容易分辨。臺語 kiánn 寫作囝；孩子寫作囡仔（gín-á）。

2　開甲（khui-kah）：開得……。甲：等於華語的「得」。如：你做甲真好；做甲流汗，嫌甲流瀾。華語經常「的」、「得」不分，如用臺語讀就很容易分辨。

3　芳（phang）：香、香氣。如：花真芳（花很香）。南朝梁・簡文帝〈梅花賦〉：「折此芳花，舉茲輕袖。」宋・范成大〈光相寺〉：「峰頂四時如大冬，芳花芳草春日融。」

4　規（kui）：整個、大約。如：規班、規萬年，教育部建議用字。有人用「歸」。

5　塗跤（thôo-kha）：地上。塗：《說文解字》：「涂也」。段玉裁註：「塗、涂、泥」皆古今字。《廣雅・釋詁三》：「塗，泥也。」如：塗牆（土牆）、塗粉仔（灰塵）。有人用「土」，音 thóo，是借義字。

響甲規門埕[6]

引來真濟[7]鳥仔聲

我共[8]規厝間的笑容

規塗跤的笑聲

輕輕抾起[9]

譜一首好聽的歌詩

等天欲光的時

掛佇[10]樹尾

貼佇客廳

予阮的朋友親情[11]

攏有看著伊真媠[12]的笑容

6　門埕（mng-tiânn）：前院。又叫做門口埕。

7　濟（tsē/tsuē）：「多」的意思。《書・大禹謨》：「濟濟有眾」。《詩・大雅》：「濟濟多士」。形容人多的意思。

8　共（kā）：將、把。

9　抾（khiok）：撿。抾：《集韻》：「持也。」如：抾——起—來（撿起來）。《揚雄・方言》：「摸去也，猶言持去也，挹也。」

10　佇（tī）：《廣韻》：「佇，直呂切，久立也。」方言引伸做「在」。
　　(1)介詞，表示時間、處所、範圍等。如：伊佇厝等你（他在家等你）。
　　(2)表示動作的進行。如：伊佇咧讀冊（他在讀書）。

11　親情（tshin-tsiânn）：在此當「親戚」解。

12　媠（suí）：漂亮。嫷之古字。《說文解字》：「南楚之外曰好曰嫷」。段玉裁註：「方言曰嫷，美也，南楚之外曰嫷。」《方言》：「豔美曰嫷。」漢書作「嫷」（教育部建議用字）。如：伊生做真媠（她長得很漂亮）。

聽著伊響亮的笑聲

－1997.10.2

◎ 延伸閱讀

1. 藍淑貞，《思念》，臺南市：臺南市立藝術中心，2000。
2. 藍淑貞，《臺灣圓仔花》，臺北市：南天書局，2005。

◎ 活動與討論

1. 分組報告〈父子臍帶〉、藍淑貞〈查某囝的笑聲〉、〈心肝寶貝〉所蘊含的心情。
2. 訪問藍淑貞老師討論臺語詩的寫作與吟唱。

（康雲山編撰）

人有自由嗎？
〈禮論篇〉（節錄）

◎ 單元介紹

　　《荀子》全書論說方面極廣，凡哲學、倫理、政治、經濟、軍事、教育，文學皆有涉獵，且多精論，足以為先秦一大思想寶庫。荀子的思想偏向經驗以及人事方面，是從社會脈絡方面出發，重視社會秩序，反對神祕主義的思想，重視人為的努力。

　　本篇論述禮儀規範的起源、內容、作用等各個方面。荀子認為，人生而有欲，為了滿足欲望，就會發生爭奪混亂，聖人為了避免這種局面，於是就制定了禮儀制度，來加以規範與約束。制定禮不但是為了用來調節與滿足人們的物質欲望，更是為了用來確立社會規範與制度。它規定的各種道德規範和禮節儀式等，都有利於國家社會制度的確立與鞏固，所以它是治國的根本，是人道之極，關係到國家的安危存亡，因此統治者必須重視實行禮。

　　美國生態倫理學家利奧波德（Aldo Leopold）認為規範倫理的發展經過三個階段，第一階段，著重以仁愛的原則，調整人與人之間的關係，基督教和儒家倫理是此種倫觀點的主要代表；第二階段，著重用平等、自由等基本人權、效益原則和正義原則，調整人與人、社會、國家的關係；第三階段，著重將倫理態度推廣到自然的環境和生態，調整人與環境生態的相互關係。我們由此，可發現倫理規範的產生是因為人類是落在關係網絡內的存在者，必然與人、社會、國家和

生態環境交織在一起，是以，必然須有能調整關係網內各存在者之利
益的倫理規範。

◎ 作者

　　荀子（B.C.313-B.C.238），名況，時人尊而號為卿；因「荀」與
「孫」二字古音相通，故又稱孫卿。周朝戰國末期趙國猗氏（今山西
運城臨猗縣）人。著名思想家，教育家，儒家代表人物之一，對儒家
思想有所發展，提倡性惡論，常被與孟子所謂的「性善論」比較。年
五十始遊學於齊，至襄王時代「最為老師」，「三為祭酒」。後來被
讒而謫楚，春申君以為蘭陵（今山東蒼山縣蘭陵鎮）令，春申君死而
荀卿廢，家居蘭陵。在此期間，他曾入秦，稱秦國「治之至也」。又
到過趙國與臨武君議兵於趙孝成王面前。最後老死於楚國。戰國末期
兩位最著名的思想家、政治家——韓非、李斯都是他的入室弟子，亦
因為他的兩名弟子為法家代表人物，使歷代有部分學者懷疑荀子是否
屬於儒家學者，荀子也因其弟子而在中國歷史上受到許多學者猛烈抨
擊。

◎ 選文

禮論篇（節錄）
荀子

　　禮起於何也？曰：人生而有欲，欲而不得，則不能無求。求而無度量分界[1]，則不能不爭；爭則亂，亂則窮[2]。先王惡其亂也，故制禮義以分之[3]，以養人之欲[4]，給人之求[5]。使欲必不窮於物[6]，物必不屈於欲[7]。兩者相持而長[8]，是禮之所起也。

　　故禮者養也。芻豢稻粱[9]，五味調香[10]，所以養口也；椒蘭

1　度量分界：衡量標準或規範。

2　窮：陷入困境。

3　制禮義以分之：制定了禮義規範來確定人們的分際。

4　以養人之欲：來節制調養人們的欲望。

5　給人之求：滿足人們的欲望需求。

6　欲必不窮於物：人們的欲望決不會因為物資的缺乏而不得滿足。

7　物必不屈於欲：物資決不會因為人們的欲望而枯竭。屈，音ㄐㄩㄝˊ，竭盡。

8　兩者相持而長：使物資和欲望兩者在互相制約與維持中增長。

9　芻豢稻粱：牛、羊、豬、狗等肉食和稻米穀子等細糧。芻豢，指食用的家畜，這裡指肉食。芻，音ㄔㄨˊ，吃草料的牛、羊之類。豢，音ㄏㄨㄢˋ，吃糧食的豬、狗之類。

10五味調香：指蜜、鹽、醋、酒、薑等調味品烹製的美味佳餚。五味，甜、鹹、酸、苦、辣。

芬苾[11]，所以養鼻也；雕琢刻鏤[12]，黼黻文章[13]，所以養目也；鐘鼓管磬，琴瑟竽笙[14]，所以養耳也；疏房檖貌[15]，越席床笫几筵[16]，所以養體也。故禮者養也。……

　　禮有三本[17]：天地者，生之本也；先祖者，類之本也；君師者，治之本也。無天地，惡生？無先祖，惡出？無君師，惡治？三者偏亡，焉無安人[18]。故禮、上事天，下事地，尊先祖，而隆君師。是禮之三本也。……

　　凡禮，始乎梲[19]，成乎文[20]，終乎悅校[21]。故至備，情文俱盡；其次，情文代勝[22]；其下復情以歸大一[23]也。天地以合[24]，

---

11 椒蘭芬苾：椒樹蘭草香氣芬芳。椒，香木名，其葉芳香，古人作茶茗時常煮其葉以為香。蘭，香草名。苾，音ㄅㄧ丶，芳香。

12 雕琢刻鏤：在器具上雕刻圖案。雕琢，雕刻玉器。刻，雕刻木器。

13 黼黻文章：在禮服上繪刺彩色花紋。黼，音ㄈㄨˇ，古時禮服上所刺黑白相間而像斧形的花紋。黻，音ㄈㄨˊ，古時禮服上所刺青黑相間而像亞形的花紋。

14 鐘鼓管磬，琴瑟竽笙：皆樂器名。磬，音ㄑㄧㄥˋ，一種石製的彎形敲擊樂器。瑟，一種絃樂器，有二十五根弦。竽，一種像笙而大的樂器。

15 疏房檖貌：窗戶通明的房間、深邃的朝堂。疏，窗。檖，音ㄙㄨㄟˋ，通邃，深遠。貌，房屋。檖貌，深邃的房屋。

16 越席床笫几筵：柔軟的蒲席、床上的竹鋪、矮桌與墊席。越席，編結蒲草而製成的席子。笫，音ㄗˇ，竹編的床席。几筵，古人席地而坐，放在座位邊上供倚靠的小桌子叫几，竹制的墊席叫筵。

17 本：根本，本源，基礎。

18 無安人：指人們不得安寧。

19 始乎梲：從疏略開始。梲，通脫，疏略。

20 文：文飾，指禮節儀式。

21 終乎悅校：最終達到使人稱心如意。校，音ㄒㄧㄠˋ，通恔，快意，滿意。

22 情文代勝：指感情、禮節儀式兩者不相協調，或者情勝過文，或者文勝過情。

23 情以歸大一：使所要表達的感情回到原始質樸狀態。

24 天地以合：天地因為禮的作用而調和。

日月以明，四時以序，星辰以行，江河以流，萬物以昌，好惡以節[25]，喜怒以當[26]，以為下[27]則順，以為上[28]則明，萬變不亂，貳之則喪[29]也。禮豈不至矣哉！立隆以為極[30]，而天下莫之能損益也。本末相順[31]，終始相應[32]，至文以有別[33]，至察以有說[34]，天下從之者治，不從者亂，從之者安，不從者危，從之者存，不從者亡，小人不能測也。

禮之理誠深矣，「堅白」[35]「同異」[36]之察入焉而溺；其理誠大矣，擅作典制辟陋之說入焉而喪；其理誠高矣，暴慢恣睢輕俗[37]以為高之屬入焉而隊[38]。故繩墨誠陳[39]矣，則不可欺

---

25 好惡以節：愛憎因為禮的作用而有所節制。

26 喜怒以當：喜怒因為禮的作用而恰如其分。

27 下：臣民，公民。

28 上：君主，管理領導者。

29 貳之則喪：背離了禮就會喪失一切。

30 立隆以為極：確立了發展到高度成熟的禮制，而把它作為最高的準則。

31 本末相順：根本原則和具體細節之間互不抵觸。

32 終始相應：人生終結的儀式與人生開始的儀式互相應合。

33 至文以有別：極其完美的禮儀而又有明確的分別。

34 至察以有說：極其審慎明察而又有詳盡的理論說明。

35 堅白：指石頭的堅硬和白色兩種屬性。它是戰國時爭論的一個重要命題。以名家公孫龍為代表的「離堅白」論者認為堅和白兩種屬性是各自獨立，互相分離的，因為眼睛看到白而看不出堅，手摸到堅而不能感知白。

36 同異：是戰國時名家惠施的論題。他認為事物的同異是相對的。具體的事物之間有小同、小異；而從宇宙萬物的總體來看，萬物又莫不畢同、畢異。

37 暴慢恣睢輕俗：粗暴傲慢恣肆放蕩輕視風俗禮制。

38 隊：同墜。

39 繩墨誠陳：木工的墨線真正拉出來了。

以曲直；衡誠縣[40]矣，則不可欺以輕重；規矩誠設矣，則不可欺以方圓；君子審於禮，則不可欺以詐偽[41]。故繩者，直之至；衡者，平之至；規矩者，方圓之至；禮者，人道之極也。然而不法禮，不足禮[42]，謂之無方[43]之民；法禮，足禮，謂之有方之士。禮之中[44]焉能思索，謂之能慮；禮之中焉能勿易，謂之能固[45]。能慮、能固，加好者[46]焉，斯聖人矣。故天者，高之極也；地者，下之極也；無窮者，廣之極也；聖人者，人道之極也。故學者，固學為聖人也，非特學無方之民也。

禮者，以財物為用[47]，以貴賤為文[48]，以多少為異[49]，以隆殺為要[50]。文理繁[51]，情用省[52]，是禮之隆也。文理省，情用

---

40 衡誠縣：秤真正掛起來了。衡，秤。縣，同懸。

41 君子審於禮，則不可欺以詐偽：君子對禮瞭解得明白清楚，就不可能再用詭詐來欺騙他。

42 不足禮：不充分地掌握禮。足，指充分地掌握或重視的意思。

43 無方：無道，沒有原則，沒有固定的法度。

44 禮之中：遵循禮掌握禮的過程中。

45 固：堅定。

46 加好者：加上愛好禮。

47 以財物為用：禮注重貢獻饋送禮物，所以說以財物為用。用，用具，工具。

48 以貴賤為文：把尊貴與卑賤的區別作為禮儀制度。

49 以多少為異：把享受的多少作為尊卑貴賤的差別。

50 以隆殺為要：把隆重和簡省作為要領。隆，隆重，豐厚。殺，音 ㄕㄞˋ，減少，簡省。

51 文理繁：禮節儀式繁多。

52 情用省：所要表達的感情、所要起到的作用卻簡約。

繁，是禮之殺也。文理情用相為內外表墨[53]，並行而雜[54]，是禮之中流[55]也。故君子上致其隆，下盡其殺[56]，而中處其中。步驟馳騁厲騖不外是矣[57]。是君子之壇宇宮廷[58]也。人有是[59]，士君子也；外是，民也；於是其中焉，方皇周挾[60]，曲得其次序[61]，是聖人也。故厚者，禮之積[62]也；大者，禮之廣[63]也；高者，禮之隆[64]也；明者，禮之盡[65]也。詩曰：「禮儀卒度，笑語卒獲[66]。」此之謂也。……

故曰：性者，本始材朴[67]也；偽者[68]，文理隆盛也。無性則偽之無所加[69]，無偽則性不能自美。性偽合，然後成聖人之名，一天下之功於是就也。故曰：天地合而萬物生，陰陽接

---

53 內外表墨：相互構成內外表裡的關係。

54 並行而雜：並駕齊驅而交錯配合。

55 中流：適中的禮。

56 下盡其殺：對簡省的禮儀就極盡它的簡省。

57 步驟馳騁厲騖不外是矣：慢走快跑、驅馬馳騁、劇烈奔跑都不逾越這個規矩。

58 壇宇宮廷：室內的廳堂，引申指範圍。

59 人有是：行為活動在這個規範、規矩之中。

60 方皇周挾：來回周旋意指各種行為。方皇，徬徨。方，音ㄆㄤˊ。周浹，周遍。

61 曲得其次序：處處符合它的次序。

62 厚者，禮之積：聖人的厚道，是靠了禮的積蓄。

63 大者，禮之廣：聖人的大度，是靠了禮的深廣。

64 高者，禮之隆：聖人的崇高，是靠了禮的崇高。

65 明者，禮之盡：聖人的明察，是靠了禮的透徹。

66 禮儀卒度，笑語卒獲：禮儀全都合法度，說笑就都合宜。詩見《詩・小雅・楚茨》。

67 本始材朴：原始的未加工過的木材。朴，同樸。

68 偽者：人所為者，意指人的各項行為活動及禮儀規範。

69 無性則偽之無所加：沒有本性，那麼人為規範就沒有地方實行。

而變化起，性偽合而天下治。天能生物，不能辨物[70]也，地能載人，不能治人也；宇中萬物生人之屬[71]，待聖人然後分[72]也。詩曰：「懷柔百神，及河喬嶽[73]。」此之謂也。……

---

70 不能辨物：不能治理萬物。辨，同辦，治理。

71 宇中萬物生人之屬：宇宙間的萬事萬物和各類人。

72 分：安排、調適。

73 懷柔百神，及河喬嶽：安撫眾神仙來到黃河、泰山。詩見《詩・周頌・時邁》。

◎ 延伸閱讀

1. 李瑞全，《儒家生命倫理學》，臺北市：鵝湖，1999。
2. 奧爾多‧利奧波德，《沙鄉年鑑》，吉林市：吉林人民出版社，中譯本，1997。
3. 金恆鑣譯，《蓋婭——大地之母》，臺北市：天下文化出版公司，1994。

◎ 活動與討論

1. 請思考人是否有自由？
2. 遵守家規、校規、公司規範、國家法律，會讓你感到束縛而想反抗嗎？為什麼？

（楊劍豐編撰）

己所不欲，勿施於人
《論語・衛靈公第十五》、《新序・雜事四》

◎ **單元介紹**

　　現代社會中，人與人的溝通交往無比頻繁，人己關係如何能維持在和諧無怨的狀態？三千年前的孔子，一語道破立身處世的最高原則——「恕」，而恕的具體作法就是「己所不欲，勿施於人」。用自己的心推及別人，自己希望怎樣生活，就想到別人也會希望怎樣生活；自己不願意別人怎樣對待自己，就不要那樣對待別人；設身處地、將心比心、寬容諒解，這些不正是個人主義盛行的當代社會中，最能化解群己關係之僵局的特效藥嗎？孔子之所以被尊稱為哲學家，正是因為《論語》中俯拾即是的經典話語，值得一再推敲品味。

　　第二則引文出自《新序・雜事》，以梁、楚邊境種瓜所發生的小故事，傳達出以德報怨的意義。楚國邊境的士兵，因為怠惰沒有照顧好自家瓜田，眼看鄰國瓜田生機盎然，心生不滿，趁夜去破壞鄰國之瓜田；梁國邊境的官員宋就發現事實之後，非但沒有以其人之道還治其身，反倒悄悄幫忙照料楚國瓜田，楚王詳查事情之經過後，為本國士兵的行為感到十分慚愧，主動表達歉意，於是兩國乃成和諧友邦。故事雖簡單，然而是否可以真正實踐？試問：如果你是梁國邊境的長官，第一反應是什麼？是扯斷對方的瓜藤作為報復？還是與對方大吵一架，吵完之後，雙方各自架起護欄不相往來？如此嫌隙累積多時之後，最終恐怕很難避免兵戎相見吧！

　　兩則原文要表達的意思很類似，《論語》言簡意賅，可供探討的空間卻很大，「己所不欲勿施於人」是從消極面出發的思考；宋就的故事則提供了更積極的思考方式：「人既不善，胡足效哉」，對方的行為既已引起我的惡感，我豈可向他學習，也變成令人討厭的人呢？面對他人給予的傷害，正向的寬容原諒誠然不易做到，但卻可以內自省察，使自己不成為傷害他人的人。我們常常希望有更良好的人際關係，其祕訣不正是先對別人好一點嗎？有時柔軟比堅硬更有力量，寬容比懲罰更有力量。

　　然而，作惡之人不是應該得到相對應的懲罰嗎？寬容是否會鼓勵惡人行更多惡事？這些關於是非善惡的判斷，牽涉到更精微深刻的倫理道德議題，不是本課文所能涵蓋，對此有興趣的同學，不妨在本課的「活動與討論」中，提出更多思辨與見解。

◎ 作者

　　《論語》，是研究孔子與儒家思想的重要典籍，由孔子的弟子及其再傳弟子編撰而成，以語錄體和對話文體為主。書中記載孔子的生活言行、孔子與弟子或當時人之間的問答、弟子之間的相互討論、孔子對弟子與古今人物的評論等，體現出孔子的政治主張、道德觀念及教育原則。自漢武帝「罷黜百家，獨尊儒術」之後，《論語》及儒家學說成為當代及後世思想之主流，南宋時大儒朱熹將之選入四書，列為儒生參加科考所必讀書籍，此後千百年來成為中國讀書人誦習不絕之經典。今本《論語》分為二十篇。

◎ 選文

論語・衛靈公第十五（節錄）

子貢問曰：「有一言而可以終身行之者乎？」子曰：「其恕[1]乎！己所不欲，勿施於人。」[2]

◎ 作者

《新序》，是西漢著名學者劉向編撰的軼事和歷史傳說的類編，是現存劉向所編撰的最早的一部作品。原三十卷，今存十卷，計有〈雜事〉、〈刺奢〉、〈節士〉、〈義勇〉、〈善謀〉等篇，分為一百六十六條目。其中大部分條目都採自諸子史傳，有些故事內容完整，情節曲折生動，頗具特色。劉向，字子政，原名更生，漢朝宗室。博覽群書，精通天文星象，奏章中常以天災來附會當時的政治現象。漢成帝時，改名向，校閱經傳諸子詩賦等書籍，撰成《別錄》一書， 是中國最早的分類目錄。

1　恕：寬容諒解。

2　全句意思是：子貢問老師：「有沒有一句話，可以終身奉行的呢？」孔子說：「那就是『恕道』了吧！自己所不願意的，不要強加在別人身上。」

◎ 選文

梁楚邊亭種瓜[3]
新序・雜事第四（節錄）

梁大夫有宋就者，嘗為[4]邊縣令[5]，與楚鄰界。梁之邊亭[6]，與楚之邊亭，皆種瓜，各有數[7]。梁之邊亭人，劬[8]力數灌[9]其瓜，瓜美。楚人窳[10]而稀灌其瓜，瓜惡。楚令因以梁瓜之美，怒其亭瓜之惡也。楚亭人心惡梁亭之賢己，因往夜竊搔[11]梁亭之瓜，皆有死焦[12]者矣。梁亭覺之，因請其尉[13]，亦欲竊往報搔楚亭之瓜，尉以請宋就。就曰：「惡！是何可？構怨[14]，禍之道也。人惡亦惡，何褊[15]之甚也。若我教子，必每暮令人往，竊為楚亭夜善灌其瓜，勿令知也。」於是梁亭乃每暮夜

3　《新序・雜事第四》原文各條目本無標題，此處「梁楚邊亭種瓜」之標題乃編著所加，以方便讀者之閱讀理解。

4　嘗為：曾經擔任。

5　邊縣令：鄰近邊界的縣令。

6　邊亭：邊地的驛亭，是防守邊境、駐兵偵敵的官署。

7　數：許多。

8　劬：音ㄑㄩˊ，勤勞、勞苦。

9　數灌：經常澆灌。

10　窳：音ㄩˇ，怠惰的。

11　竊搔：偷偷用手扒抓。

12　死焦：乾枯而死。

13　尉：古代典獄及捕盜等官職多稱為「尉」。

14　構怨：與人結仇、結怨。

15　褊：音ㄅㄧㄢˇ，狹隘之意。

竊灌楚亭之瓜，楚亭旦而行[16]瓜，則又皆以灌矣，瓜日以美，楚亭怪而察之，則乃梁亭之為也。

楚令聞之大悅，因具[17]以聞楚王，楚王聞之，怒然[18]愧，以意自閔也。告吏曰：「微搔瓜者，得無有他罪乎[19]？此梁之陰讓[20]也。」乃謝以重幣[21]，而請交於梁王，楚王時則稱說梁王以為信[22]，故梁、楚之歡由宋就始。

語曰：「轉敗而為功，因禍而為福。」老子曰：「報怨以德。」此之謂也。夫人既不善，胡足效哉！

---

16 行瓜：巡視瓜田。

17 具：陳述、報告、列舉。

18 怒：音 ㄋㄧˋ，憂思。

19 得無有他罪乎：沒有其他罪過吧！

20 陰讓：暗中譴責。

21 謝以重幣：以豐厚的禮物，向宋就表示歉意。

22 楚王時則稱說梁王以為信：楚王時常稱許梁王是可信之人。

◎ 延伸閱讀

1. 《孟子・告子下》，「白圭以鄰為壑」的故事。
2. 吳俊德，〈「以眼還眼，以牙還牙」—— 應報符合公平正義嗎？〉，網址：http://whogovernstw.org/2014/11/07/jundehwu2/
3. 朱家安，《哲學哲學雞蛋糕：給動腦偏執狂的娛樂零嘴》，紅桌文化出版，2013。

◎ 活動與討論

1. 《孟子・告子下》講了一則「以鄰為壑」的故事，晉朝傅玄的《傅子・卷一・仁論》中有「推己及人」的說法，同學們應該也讀過「孫叔敖殺兩頭蛇」的故事，這幾則典故的內涵，皆與本課所討論的「己所不欲，勿施於人」有異曲同工之妙；然而世界上最早的成文法典《漢摩拉比》中，也有「以眼還眼，以牙還牙」這樣的規定，《聖經》也有類似的說法，此應報原則似乎更符合公平正義的原則。請討論兩種觀點之差異。
2. 大學校園裡學風自由，臺灣社會也講求自由民主開放，但自由是否無上限？「自由」與「己所不欲，勿施於人」的界線該如劃分？請同學分享自己的經歷或他人的故事。

（林麗美編撰）

PART 2 民主素養

導　論

　　中國文化中是不是有民主思想？這一爭論源自孟子：「民為貴，社稷次之，君為輕。」因而產生兩種解釋：一種認為，既然在君主專制時代就認定民貴君輕，當然是以民為主的民主思想；另一種認為，這只是強調民的重要性，人民和土地是立國的必要條件，是一種以民為本的民本思想。

　　民主的意思是權力歸於人民，是人民當家作主；但孟子說「民為貴，社稷次之，君為輕」，只不過強調君主施政要注重人民的利益，並未要求君主將權力下放給人民。因此，民本並不等於民主。民本思想是從統治者的立場出發的，不是從人民的立場出發的；為政以民為本，是為了統治者能得天下並保天下。

　　儒家從孔子論述仁政，孟子的王道到荀子的聖人化性起偽之禮法，就是民本之政、民本之道和禮法的民本思想。統治者要想長期統治下去，在為民作主時就必須以民為本，否則，久而久之便會引起人民的不滿和反抗。在這種政治體制下，人民群眾要想少受剝削壓迫，要想生存下去或生活得稍為好一點，就只有盼望出現明君、賢相、清官、良吏，希望他們的統治以民為本。否則就只能鋌而走險，起來革命。

　　這裡我們看出儒家思想具有強烈的現代民主色彩，跟西方的民主思想有很多相同的地方；但又與西方的民主有一個重要的不同。所謂民主，顧名思義是人民當家作主。但民主絕不是口號，而是一種程

式，即一整套制度保障公民參政議政，保障民有民享民生。我們看西方，普遍採取三權分立、代議制等一整套制度保障民主，即保障公民參與國家管理的權利，而儒家完全沒有平等、人權觀念，反而強調社會的穩定性是建立在君君臣臣、父父子子的階級秩序上。

　　現代公民之民主素養的提升，需強化公民意識和願意參與公共議題之討論、反思及抉擇，尤其是大學生在參與校內外會議時，要能適切表達出自己意見。在一個成熟的民主法治社會裡人人生而平等，在憲法保障下，每個人享有各種權利和自由，其中包含了充分表達意見的自由，換言之，在不誹謗中傷、猥褻、威脅傷人、煽動仇恨或侵犯著作權等前提下，人人皆擁有言論自由。此外，自由民主社會通常也有著寬容和多元的特色，在遵守上述規範的情況下，不同的聲音都會被允許存在，不能因為意識形態或是政治立場的不同而侵犯他人的平等和自由。

黨與不黨
《論語・衛靈公第二十一》、〈朋黨論〉

◎ 單元介紹

　　春秋時期，孔子首先提出「君子不黨」的概念，形成當時普遍認可的論述，如陳國職掌刑罰的官員曾以「吾聞君子不黨，君子亦黨乎？」來質疑孔子袒護魯君。由於儒家經典自漢代以下受到君主的重視，隋唐以下至明清科舉考試，《論語》均列為必考的書目。然而「君子不黨」的概念，亦因複雜的政局而備受挑戰。如皇權至上的時代，君王對於土地、人民擁有絕對的權利，若遇昏聵的君王，忠良的賢臣無法以一己之力，必須借助輿論的力量勸說國君，因此歷代朋黨政治始終不絕。

　　不僅忠良賢臣借助朋黨，讒佞專權的奸臣更利用「君子不黨」的言論，打壓異己。如東漢末年，桓帝、靈帝之際，奸宦大規模殺害賢良，導致朝中賢良盡失，史稱為「黨錮之禍」。唐穆宗、敬宗、文宗、武宗之世，朝臣牛僧儒與李宗閔結為朋黨，與李吉甫、李德裕父子不睦，兩派互爭歷時四十年，史稱「牛李黨爭」或「朋黨之爭」。唐末權臣朱溫誘殺宰相、吏部尚書、工部尚書等人，誣陷朋黨，牽連數百人，兩年後篡位，唐朝滅亡。

　　歐陽修因此提出「朋黨」的新論述，小人好利祿、貪貨財，暫時勾結作為假朋黨。君子信奉道德義理，實行忠誠信用，珍惜名譽氣節，因此君王應進用「君子以同道為真朋」、斥退「小人好祿利之偽朋」。

　　清代雍正三年（1725）為推行新政而受種種阻礙，因撰寫〈御製朋黨論〉：「……朕以為君子無朋，惟小人則有之。且如修（歐陽修）之論、將使終其黨者，則為君子。解散而不終于黨者，反為小人乎？設修在今日而為此論。朕必飭之以正其惑。……惟六經語孟、及宋五子傳注。可奉為典要。《論語》謂君子不黨。……聖人之垂訓、亦既明且切矣。夫朋友亦五倫之一，朋黨不可有而朋友之道不可無。……」雍正帝是盛清時期的明君，許多利民的新政，被結黨的群臣所阻擋，因此訓斥官員要以朋黨為戒，因為一旦結成朋黨，不管賢與不賢就百般庇護，不是一黨，不管好與不好就百般攻擊，視朋黨榮枯為性命，置國家大局於不顧。可見「結黨與否」於不同施政時空而有不同觀點，並無定論。

◎ 作者

　　孔子（B.C.551-B.C.479），名丘，字仲尼，春秋魯國人。三歲喪父，十七歲喪母，十九歲娶妻，生長子孔鯉，長女嫁給公冶長，但不知其名。曾任魯國中都宰、司空、大司寇等要職。魯定公十年不費一兵一卒使齊國歸還侵占的汶陽等地，齊人警懼，以女樂文馬離間君臣關係，魯定公十三年春，孔子離魯開始周遊列國。顛沛流離十四年，年近七十回魯，七十三歲去逝。眾弟子為其守喪三年，其中子貢則守墳六年。

　　《論語》記載孔子的生活言行，是研究孔子最重要典籍。

◎ 選文

君子不黨

　　子曰：「君子矜[1]而不爭，群而不黨[2]。」（〈衛靈公第二十一章〉）

　　陳司敗[3]問：「昭公[4]知禮乎？」孔子曰：「知禮。」孔子退，揖巫馬期而進之，曰：「吾聞君子不黨，君子亦黨乎？君取於吳為同姓[5]，謂之吳孟子。君而知禮，孰不知禮？」巫馬期以告。子曰：「丘也幸，苟有過，人必知之。」（〈述而第三十章〉）

◎ 作者

　　歐陽修（1007-1072），字永叔，號醉翁、六一居士，諡號文忠，吉州廬陵（今江西省永豐縣）人。四歲喪父，母親以蘆葦杆在灰土上教他認字，即「畫荻教子」的典故。景祐三年（1036）因聲援范仲淹，被指為「朋黨」，貶到夷陵。慶曆三年（1043）歐陽修參與范仲

1　矜：莊重自制。

2　群而不黨：團結群眾而不結黨營私。

3　陳司敗：陳國掌管刑罰的官員。陳，國名。司敗，即司寇，掌管刑獄、糾察等官員。

4　昭公：魯國第二十四代君主，西元前 542 年即位，西元前 517 年討伐季氏大敗逃往齊國，死於西元前 510 年。

5　君取於吳為同姓：古禮同姓不婚，魯與吳皆姓姬。取，娶也。

淹推行的「慶曆新政」，政敵誣陷朋黨，歐陽修作〈朋黨論〉反擊。
為宋代古文運動的領導者，唐宋八大家之一，著有《六一詩話》、
《新唐書》、《新五代史》、《集古錄》等。

◎ 選文

朋黨論
歐陽修

　　臣聞朋黨[6]之說，自古有之，惟幸[7]人君辨其君子小人而
已。大凡君子與君子以同道[8]為朋，小人與小人以同利為朋，
此自然之理也。

　　然臣謂小人無朋，惟君子則有之。其故何哉？小人所好者
利祿也，所貪者貨財也。當其同利之時，暫相黨引[9]以為朋
者，偽也；及其見利而爭先，或利盡而交疏，則反相賊害，
雖其兄弟親戚，不能相保。故臣謂小人無朋，其暫為朋者，
偽也。君子則不然：所守者道義，所行者忠信，所惜者名
節[10]。以之修身，則同道而相益；以之事國，則同心而共濟，

6　朋黨：凡抱有同一政見而互相結合、排除異己的從政者，其敵對政見者每指為
　　「朋黨」。

7　幸：希望。

8　同道：志同道合。

9　黨引：結為同黨，互相援引。

10　名節：名譽氣節。

始終如一，此君子之朋也。故為人君者，但當退[11]小人之偽朋，用君子之真朋，則天下治矣。

堯之時，小人共工、驩兜等四人[12]為一朋，君子八元、八愷，十六人[13]為一朋。舜佐堯，退四凶小人之朋，而進元、愷君子之朋，堯之天下大治。及舜自為天子，而皋、夔、稷、契[14]等二十二人併列於朝，更相稱美，更相推讓，凡二十二人為一朋，而舜皆用之，天下亦大治。《書》曰：「紂有臣億萬，惟億萬心；周有臣三千，惟一心」[15]。紂之時，億萬人各異心，可謂不為朋矣，然紂以亡國。周武王之臣，三千人為一大朋，而周用[16]以興。

---

11 退：斥退。

12 共工、驩兜等四人：舊傳共工、驩兜、三苗、鯀等四人為堯時的「四凶」。《尚書‧堯典》載：舜「流共工於幽州，放驩兜於崇山，竄三苗於三危，殛鯀於羽山」。

13 八元、八愷十六人：上古高辛氏的八個後裔叫八元，高陽氏的八個後裔叫八愷。《左傳‧文公十八年》：「昔高陽氏有才子八人：蒼舒、隤敳、檮戭、大臨、尨降、庭堅、仲容、叔達——齊、聖、廣、淵、明、允、篤、誠。天下之民謂之八愷。高辛氏有才子八人——伯奮、仲堪、叔獻、季仲、伯虎、仲熊、叔豹、季貍——忠肅共懿，宣慈惠和，天下之民謂之八元。」元，善良的人。愷，忠誠的人。

14 皋、夔、稷、契：都是傳說中帝舜時賢臣，皋陶掌管刑法，夔掌管音樂，稷掌管農事，契掌管教育。

15 紂有臣億萬……惟一心：四句引自《尚書‧泰誓上》，為周武王伐紂，會諸侯於孟津時發表的誓師詞。億：古為十萬。《尚書》：一部收錄上古時代政府文告、記錄的書。

16 用：因此。

後漢獻帝[17]時，盡取天下名士囚禁之，目為黨人[18]。及黃巾賊起[19]，漢室大亂，後方悔悟，盡解黨人而釋之，然已無救矣。唐之晚年，漸起朋黨之論[20]。及昭宗時，盡殺朝之名士，或投之黃河，曰：「此輩清流，可投濁流。」[21]而唐遂亡矣。

夫前世之主，能使人人異心不為朋，莫如紂；能禁絕善人為朋，莫如漢獻帝；能誅戮清流之朋，莫如唐昭宗之世；然皆亂亡其國。更相稱美推讓而不自疑，莫如舜之二十二臣，舜亦不疑而皆用之；然而後世不誚[22]舜為二十二人朋黨所欺，而稱舜為聰明之聖者，以能辨君子與小人也。周武之世，舉其國之臣三千人共為一朋，自古為朋之多且大莫如周；然周用此以興者，善人雖多而不厭也。

嗟呼！治亂興亡之迹[23]，為人君者，可以鑒矣。

---

17 漢獻帝：劉協，東漢的末代皇帝，西元 189-220 年在位。

18 盡取天下名士囚禁之，目為黨人：東漢末，桓帝、靈帝之際，宦官干政弄權，朝綱大敗，太學生起而批判，反遭奸宦構陷，被捕入獄者數百人，而校尉李膺、大將軍竇武、太傅陳蕃等人均被殺。前後共兩次，朝中賢良盡失，史稱為「黨錮之禍」，然非發生在獻帝時。

19 黃巾賊起：發生於東漢靈帝中平元年（186）的大規模民變。黨錮之亂後，政治黑暗，社會不安，鉅鹿人張角組織太平道作亂，因參加亂事的人都在頭上裹著黃巾，作為標幟，故史稱為「黃巾之亂」。

20 唐之晚年，漸起朋黨之論：唐穆宗、敬宗、文宗、武宗之世，朝臣牛僧儒與李宗閔結為朋黨，與李吉甫、李德裕父子等人不睦，彼此互相排軋，嫌忌日深。兩派互爭歷時四十年，致使朝政敗壞，史稱「牛李黨爭」或「朋黨之爭」。

21 此輩清流，可投濁流：晚唐節度使朱溫的謀士李振連接幾次都沒有考上進士，對朝廷大臣深懷不滿，唐哀帝天祐二年，朱溫在白馬驛（今河南洛陽）殺大臣裴樞等人時，李振便獻計說：「此輩自謂清流，宜投於黃河，永為濁流。」清流，比喻品性清高的名士。濁流，比喻品格低劣的人。

22 誚：責備。

23 迹：事跡，這裡引申為「道理」。

◎ 延伸閱讀

1. 詹姆斯・索羅維基著，王寶泉譯，《群體的智慧：如何做出最聰明的決策》，北京市：中信出版社，2010。
2. 林慈敏主編，《面對人生的 10 堂課：個體與群體》，臺北市：圓神出版社，2005。

◎ 活動與討論

1. 孔子認為的「君子不黨」，你認為適用於什麼樣的情況？
2. 讀畢歐陽修的〈朋黨論〉對臺灣藍綠兩黨的政治生態，有何啟發？可附剪報論述之。

（王淑蕙編撰）

民之所欲，常在我心
〈盡心篇下，第六十〉、《孟子微》

◎ 單元介紹

　　中國文化中是不是有民主思想？這一爭論源自孟子：「民為貴，社稷次之，君為輕。」因而產生兩種解釋：一種認為，既然在君主專制時代就認定民貴君輕，當然是以民為主的民主思想；另一種認為，這只是強調民的重要性，人民和土地是立國的必要條件，是一種以民為本的民本思想。

　　民本是指人民在政權中的重要性，不論是什麼性質的政權，都可能重視人民，沒有人民就不成其為一個國家。民主卻是指權力的來源為人民，人民不僅有權參與政治活動，而且直接或間接監督政府行使各種權力。民主思想是從人民的立場出發的；人民具有天賦權利，統治者的統治權是人民授予的；人民不僅可以而且應當自己作主，統治者只能按照人民的意志、全體人民制訂的憲法進行統治，不能代替人民作主，更不能自己作主；各級官吏只是人民公僕，若不公平、不正當地對待人民群眾，人民則有權罷免任何官員。

　　民本思想是封建時代、君主專制時代的產物，是為專制政體服務的；民主思想是後君主專制時代的產物，是為現代共和政體、人民政權服務的。兩者本來就涇渭分明，不是一回事。康有為《孟子微》中，則又把這兩層意義混為一談。

◎ 作者

孟子（B.C.372-B.C.289）名軻，鄒國（今山東鄒縣）人。東周戰國時期儒家代表人物，字號在漢代以前的古書沒有記載，但曹魏、晉代之後卻傳出子車、子居、子輿等三個不同的字號，字號可能是後人的附會而未必可信。生卒年月因史傳未記載而有許多的說法，其中又以《孟子世家譜》上所記載之生於周烈王四年（B.C.372），卒於周赧王二十六年（B.C.289）較為多數學者所採用。

孟子之弟子著有《孟子》一書。繼承並發揚了孔子的思想，成為僅次於孔子的一代儒家宗師，有「亞聖」之稱，與孔子合稱為「孔孟」。

◎ 選文

盡心篇下，第六十

孟子曰：「民為貴，社稷¹次之，君為輕。是故得乎丘民²而為天子，得乎天子為諸侯³，得乎諸侯為大夫。諸侯危社稷，則變置⁴。……」（節錄）

---

1 社稷：社，土神。稷，穀神。建國則立壇以祀之。
2 丘民：田野之民，至微賤也。然得其心，則天下歸之。
3 得乎天子為諸侯：天子至尊貴也，而得其心者，不過為諸侯耳。
4 諸侯危社稷，則變置：諸侯無道，將使社稷為人所滅，則當更立賢君，是君輕於社稷也。

◎ 作者

康有為（1858 年 3 月 19 日-1927 年 3 月 31 日），原名祖詒，字廣廈，號長素，又號明夷、更生、西樵山人、游存叟、天游化人，廣東省南海縣丹灶蘇村人，人稱康南海，光緒廿一年（1895）進士，曾與弟子梁啟超合作戊戌變法，後事敗，出逃。他信奉孔子的儒家學說，並致力於將儒家學說改造為可以適應現代社會的國教。

康有為孟子學代表作是《孟子微》，此書成於光緒二十七年（1901）。戊戌變法失敗後，康有為逃往日本，先後遊歷了日本、印度、加拿大、英國等，在印度期間撰寫《孟子微》。此時正值西方列強全面侵吞中國，民族危機愈加嚴重之際，康有為將《孟子》七篇內容打散，重新作編排，在釋孟子時，廣徵西學加以補充印證，使西學服務其經學的同時，也使孟子學微言大義現代化。

康有為服膺孟子的觀點提出「三世立主」的國體觀。所謂「三世立主」指君主、君民共主、民主。君主、君民共主、民主雖然有所不同，但其基本都是國民，為國民服務，國民有權根據自己的願望選擇其中哪種形式，而不是主觀臆斷的強求。他把這三種形式與據亂世、升平世、太平世結合起來，說：「大約據亂世尚君主，升平世尚君民共主，太平世尚民主矣。此孟子遍論三世立主之義。」作為立憲派的代表人物，他青睞的是君民共主式的體制。

◎ 選文

> ### 孟子微卷一，總論第一
> ### 康有為
>
> 　　此孟子立民主之制、太平法也。蓋國之為國，聚民而成之，天生民而利樂之，民聚則謀公共安全之事，故一切禮樂政法皆以為民也。但民事眾多，不能人人自為公共之事，必公舉人任之，所謂君者，代眾民任此公共保全安樂之事，為眾民之所公舉，即為眾民之所公用。民者如店肆之東人[5]，君者乃聘雇之司理人[6]耳。民為主而君為客，民為主而君為僕，故民貴而君賤易明也。眾民所歸，乃舉為民主[7]，如美、法之總統。然總統得任群官，群官得任庶僚，所謂「得乎丘民為天子，得乎天子為諸侯，得乎諸侯為大夫」也。

5　店肆之東人：商店老闆，公司股東。

6　聘雇之司理人：商店員工，公司經理人。

7　眾民所歸，乃舉為民主：人民共同推舉而為國家之治理人。

◎ 延伸閱讀

1. Michael Sandel 著，樂為良譯，《正義：一場思辨之旅》（*JUSTICE: What's the Right Thing to Do*），雅言文化出版社，2011。

2. Thomas Pogge 著，顧肅、劉雪梅譯，《羅爾斯與正義論》（*John Rawls: His Life and Theory of Justice*），五南出版社，2010。

◎ 活動與討論

1. 請思考一個理想的社會應具有哪些內容？

2. 請分組討論日本動漫畫《海賊王》中，作者心目中嚮往的理想社會為何？

（楊劍豐編撰）

法律的起源
性惡論（節錄）

◎ 單元介紹

　　本篇旨闡明荀子性惡論與聖人化性起偽的政治觀點。性惡論是荀子思想中最重要的觀點，也是其政治思想的基石。文章先從人的物質欲望和心理要求出發，論證了人之性惡的道理。為了改變人性之惡，他一方面特別強調後天的教育和環境的影響，主張求賢師、擇良友；另一方面則特別強調政治的作用，提出了「立君上之勢以臨之，明禮義以化之，起法正以治之，重刑罰以禁之」的政治主張。總之，荀子認為人之性惡，其宗旨在於以道德的、政治的手段去改惡為善。

　　民主無法律治理則趨於民粹，法律治理無民主則趨於暴政；民主與法治是一社會國家是否祥和穩定的基石，透過荀子性惡論與其禮法的制訂說明，可讓學生體會自由和民主是否可以毫無限制，法律制定應依循什麼程序或標準來確立和修訂。

◎ 作者

　　荀子（B.C.313-B.C.238），名況，時人尊而號為卿；因「荀」與「孫」二字古音相通，故又稱孫卿。周朝戰國末期趙國猗氏（今山西運城臨猗縣）人。著名思想家，教育家，儒家代表人物之一，對儒家思想有所發展，提倡性惡論，常被與孟子所謂的「性善論」比較。年

五十始遊學於齊，至襄王時代「最為老師」，「三為祭酒」。後來被讒而謫楚，春申君以為蘭陵（今山東蒼山縣蘭陵鎮）令，春申君死而荀卿廢，家居蘭陵。在此期間，他曾入秦，稱秦國「治之至也」。又到過趙國與臨武君議兵於趙孝成王面前。最後老死於楚國。戰國末期兩位最著名的思想家、政治家——韓非、李斯都是他的入室弟子，亦因為他的兩名弟子為法家代表人物，使歷代有部分學者懷疑荀子是否屬於儒家學者，荀子也因其弟子，而在中國歷史上受到許多學者猛烈抨擊。

◎ 選文

性惡論（節錄）
荀子

　　人之性惡，其善者偽[1]也。今人之性，生而有好利焉，順是[2]，故爭奪生而辭讓亡焉；生而有疾惡[3]焉，順是，故殘賊生而忠信亡焉；生而有耳目之欲，有好聲色焉，順是，故淫亂生而禮義文理[4]亡焉。然則從人之性，順人之情，必出於爭

---

1 偽：人為也，矯也，凡非天性而人作為之者，皆謂之偽。
2 順是：謂順其本性也。
3 疾惡：妒嫉憎恨。疾，與嫉同，妒嫉。
4 文理：節文、條理、規範。

奪，合於犯分亂理而歸於暴。故必將有師法之化[5]，禮義之道[6]，然後出於辭讓，合於文理，而歸於治。用此觀之，然則人之性惡明矣，其善者偽也。

故枸木[7]必將待檃栝、烝、矯[8]然後直。鈍金必將待礱、厲[9]然後利。今人之性惡，必將待師法然後正，得禮義然後治。今人無師法則偏險而不正，無禮義則悖亂而不治。古者聖王以人性惡，以為偏險而不正，悖亂而不治，是以為之起禮義，制法度，以矯飾[10]人之情性而正之，以擾化[11]人之情性而導之也。始皆出於治，合於道者也。今之人化師法，積文學[12]，道禮義者為君子；縱性情，安恣睢[13]，而違禮義者為小人。用此觀之，人之性惡明矣，其善者，偽也。

孟子曰：「今之學者，其性善。」曰：是不然。是不及知[14]人之性，而不察乎人之性、偽之分者也。凡性者，天之就也，不可學，不可事；禮義者，聖人之所生也，人之所學而能，所事而成者也。不可學、不可事而在人者謂之性，可學

5　師法之化：師長和法度的教化。

6　禮義之道：禮義的引導。道與導同。

7　枸：讀為鉤，曲也，下皆同。

8　檃栝：音ㄧㄣˇ ㄍㄨㄚ，竹木的整形工具。烝：用蒸氣加熱使柔。矯：謂矯之使直。

9　礱、厲：皆磨也。厲與礪同。

10　飾：通「飭」，整治。

11　擾化：馴服感化。擾，馴也。

12　化師法，積文學：能夠被師長和法度所感化，積累文獻經典方面的知識。

13　安恣睢：習慣於恣肆放蕩兇惡。睢，音ㄙㄨㄟ。

14　不及知：謂智慮淺近，不能及於知，猶言不到也。及，達到，夠。

而能、可事而成之在人者謂之偽。是性、偽之分也。今人之
性，目可以見，耳可以聽。夫可以見之明不離目，可以聽之
聰不離耳，目明而耳聰，不可學明矣。孟子曰：「今人之性
善，將皆失喪其性故也[15]。」曰：若是，則過矣。今人之性，
生而離其朴，離其資[16]，必失而喪之。用此觀之，然則人之性
惡明矣。所謂性善者，不離其朴而美之，不離其資而利之
也。使夫資朴之於美，心意之於善，若夫可以見之明不離
目，可以聽之聰不離耳，故曰目明而耳聰也。

今人之性，飢而欲飽，寒而欲煖，勞而欲休，此人之情性
也。今人見長而不敢先食者，將有所讓也；勞而不敢求息
者，將有所代也。夫子之讓乎父，弟之讓乎兄，子之代乎
父，弟之代乎兄，此二行者，皆反於性而悖於情也。然而孝
子之道，禮義之文理也。故順情性則不辭讓矣，辭讓則悖於
情性矣。用此觀之，人之性惡明矣，其善者偽也。

問者曰：「人之性惡，則禮義惡生？」應之曰：凡禮義
者，是生於聖人之偽，非故生於人之性也。故陶人埏埴[17]而為
器，然則器生於陶人之偽，非故生於人之性也。故工人斲木[18]
而成器，然則器生於工人之偽，非故生於人之性也。聖人積
思慮，習偽故，以生禮義而起法度，然則禮義法度者，是生

---

15 將皆失喪其性故也：作惡一定都是喪失了他們的本性的緣故啊。

16 離其朴，離其資：人若生而任其性，則離其質樸，離其資材。朴，質也。資，
材也。

17 陶人埏埴：瓦工擊黏土而成器。埏，音ㄕㄢ，擊也。埴，埴黏土也。

18 斲木：砍木。斲，音ㄓㄨㄛˊ。

於聖人之偽，非故生於人之性也。若夫目好色，耳好聽，口好味，心好利，骨體膚理好愉佚[19]，是皆生於人之情性者也，感而自然，不待事而後生之者也。夫感而不能然，必且待事而後然者，謂之生於偽。是性、偽之所生，其不同之徵也。故聖人化性而起偽[20]，偽起而生禮義，禮義生而制法度。然則禮義法度者，是聖人之所生也。故聖人之所以同於眾，其不異於眾者，性也；所以異而過眾者，偽也。夫好利而欲得者，此人之情性也。……今人之性，固無禮義，故彊學而求有之也；性不知禮義，故思慮而求知之也。然則性而已，則人無禮義，不知禮義。人無禮義則亂，不知禮義則悖。然則性而已，則悖亂在己。用此觀之，人之性惡明矣，其善者偽也。

孟子曰：「人之性善。」曰：是不然。凡古今天下之所謂善者，正理平治也；所謂惡者，偏險悖亂也。是善惡之分也已。今誠以人之性固正理平治邪？則有惡用聖王，惡用禮義哉！雖有聖王禮義，將曷加於正理平治也哉！今不然，人之性惡。故古者聖人以人之性惡，以為偏險而不正，悖亂而不治，故為之立君上之埶以臨之[21]，明禮義以化之，起法正以治之，重刑罰以禁之，使天下皆出於治，合於善也。是聖王之治，而禮義之化也。今當試去君上之埶，無禮義之化，去法

---

19 骨體膚理好愉佚：身體喜歡舒適安逸。膚理，皮膚文理也。佚與逸同。
20 化性而起偽：變化本性而興起人為的矯偽。
21 立君上之埶以臨之：確立君主的統治技能與權勢去統治。埶，同勢，權勢與技能。

正之治，無刑罰之禁，倚而觀天下民人之相與[22]也，若是，則夫彊者害弱而奪之，眾者暴寡而譁[23]之，天下悖亂而相亡不待頃[24]矣。用此觀之，然則人之性惡明矣，其善者偽也。故善言古者必有節於今，善言天者必有徵於人[25]。……。今人之性惡，必將待聖王之治，禮義之化，然後皆出於治，合於善也。用此觀之，人之性惡明矣，其善者偽也。……

---

22 倚而觀天下民人之相與：站在一邊觀看天下民眾的相互交往。倚，旁觀。

23 眾者暴寡而譁：眾者凌暴於寡而誼譁之，不使其發言。

24 頃：少頃，須臾也。

25 善言古者必有節於今，善言天者必有徵於人：善於談論古代的人，一定對現代有驗證；善於談論天的人，一定對人事有應驗。

◎ 延伸閱讀

1. （英）邁克爾‧H. 萊斯諾夫（Michael H. Lessnoff）著，馮克利譯，《二十世紀的政治哲學家》（*Political Philosophers of the Twentieth Century*），北京：商務，2001 年初版。

2. 楊劍豐，《尊重——一個後現代社會的生活態度》，哲學與文化，2005。

◎ 活動與討論

1. 請討論法律制定應依循什麼程序或標準來確立和修訂？
2. 請舉例討論人性的善惡？

（楊劍豐編撰）

言論自由

〈湖州謝上表〉、〈山村五絕〉、〈八月十五日看潮五絕〉、〈獄中寄子由〉

◎ 單元介紹

　　民主從字面上來看，代表著主權在民，由人民當家做主。在一個成熟的民主法治社會裡人人生而平等，在憲法保障下，每個人享有各種權利和自由，其中包含了充分表達意見的自由。換言之，在不誹謗中傷、猥褻、威脅傷人、煽動仇恨或侵犯著作權等前提下，人皆擁有言論自由。此外，自由民主社會通常也有著寬容和多元的特色，在遵守上述規範的情況下，不同的聲音都會被允許存在，不能因為意識形態或是政治立場的不同，而侵犯他人的言論自由。遠自宋代即不以言論治罪，宋太祖立下祖訓要求其子孫不得殺害士大夫，及上書言事人，然而政治上的開明作風，卻因為新舊黨爭[1]寫下歷史黑暗的一面。屬於舊黨的蘇軾譏諷朝政的詩文遭新黨人士斷章取義、刻意曲解，蘇軾因此被扣上意圖謀反罪名而關進御史臺大牢，幾乎面臨殺頭劫難。

1　新舊黨爭是北宋熙寧二年（1069），神宗任命王安石變法革新所引發的一場黨爭。新黨支持王安石的新政，以司馬光為中心的舊黨則反對變法。兩派人馬互相攻擊，一得勢就貶斥另一派士大夫，造成北宋政局的不穩定，持續五十多年，最終導致北宋滅亡。

本單元以「烏臺[2]詩案」為焦點，舉例蘇軾被羅致罪名的代表性詩文數首，以及蘇軾在以為沒活命希望的情境下，寫給弟弟蘇轍的二首絕命詩，以突顯文字獄的殘酷與野蠻，反思真言論自由的可貴。

　　宋神宗執政力圖改革，任命王安石為宰相變法革新，新政遭到朝中保守派的舊黨大臣極力反對。蘇軾多次上書神宗反對激進的變法未果，為遠離朝廷政治鬥爭風暴，故自請外任。蘇軾先後除杭州通判，任密州、徐州、湖州等地太守，知曉民間疾苦，寫詩文譏諷新法推行過程中出現的弊端，深得民心，引起新進們──御史中丞李定、御史大夫舒亶和何正臣等人的忌恨。他們鎖定聲望高漲的蘇軾作為目標，構陷蘇軾以殺雞儆猴，並藉此打擊異己。元豐二年（1079）四月，蘇軾四十三歲，調任湖州太守，按新官上任常例寫了〈湖州謝上表〉感謝皇恩，這篇文章被政敵扭曲原意，向神宗誣告蘇軾，成了蘇軾日後被捕下獄的導火線。諸如「臣性資頑鄙，名跡埋微。議論闊疏，文學淺陋。凡人必有一得，而臣獨無寸長」、「知其愚不適時，難以追陪新進；察其老不生事，或能牧養小民」等語被大作文章，何正臣上奏神宗，給蘇軾扣上「愚弄朝廷，妄自尊大」罪名，指稱蘇軾以自己「其」與「新進」相對比，說自己「不生事」，就是暗諷「新進」人士「生事」。何正臣等人指責蘇軾名為「謝表」，實為誹謗朝廷，抨擊新黨，請求嚴懲蘇軾。

　　然而單憑〈湖州謝上表〉幾句話還不足以置蘇軾於死地，其時出版了《元豐續添蘇子瞻學士錢塘集》，給御史大臣們提供機會收集資

2　烏臺，即御史臺，因官署內遍植柏樹，又稱「柏臺」。柏樹上常有烏鴉棲息築巢，乃稱烏臺。御史臺負責糾察、彈劾官員、肅正綱紀，相當於現代的監察院。

料，舒亶歷經四個月潛心鑽研，找到了幾首詩，指控蘇軾藉詩妖言惑眾、犯下滔天大罪，上奏彈劾曰：「至於包藏禍心，怨望其上，訕瀆謾罵，而無復人臣之節者，未有如軾也⋯⋯。其他觸事即事，應口所言，無一不以譏謗為主。[3]」被捕下獄的蘇軾禁不住刑訊折磨，俯首認了莫須有的罪狀[4]，違心地承認自己的詩作都是「諷刺新法」、「攻擊朝廷」、「怨謗君父」。以〈山村五絕〉為例，熙寧六年（1073）蘇軾任杭州通判時在新城所作，針對王安石新法對百姓生活造成的負面影響發牢騷，第三首寫鹽法的峻急，第四首寫青苗法實際上不利於農事生產。烏臺詩案此二首詩遭斷章取義，第三首被扣上譏刺「鹽法」行之太急罪狀、第四首被曲解為「青苗法」有名無實。至於〈八月十五日看潮五絕〉是同年中秋，蘇軾在當地觀錢塘海潮作詩五首，一來描寫大潮奇觀，二來抒發身世之感。這組詩只有第四首譏諷當權者好興水利，不知利少而害多，蓋因弄潮之人貪官中利物，致其間有溺而死者。此首被指控為謗詩，舒亶上綱上線為蘇軾言「東海若知明主意，應教斥鹵變桑田」必不可成，「諷刺朝廷水利之難成」。

　　蘇軾因烏臺詩案入獄一百零三天，幾次瀕臨被砍頭的境地。他在押到京城途中曾想躍江自盡，入獄後也曾預備藥物，待一旦得知將被

3　舒亶：「蘇軾包藏禍心，怨望其上，訕瀆謾罵，而無復人臣之節者，未有如軾也。蓋陛下發錢（青苗錢）以本業貧民，則曰『贏得兒童語音好，一年強半在城中』；陛下明法以課試郡吏，則曰『讀書萬卷不讀律，致君堯舜知無術』；陛下興水利，則曰『東海若知明主意，應教斥鹵（鹽鹼地）變桑田』；陛下謹鹽禁，則曰『豈是聞韶解忘味，爾來三月食無鹽』；其他觸物即事，應口所言，無一不以譏謗為主。」

4　「贏得兒童語音好，一年強半在城中」，是指責「青苗法」的有名無實；「東海若知明主意，應教斥鹵變桑田」，是反對「農田水利法」，譏刺興修水利；「豈是聞韶解忘味，爾來三月食無鹽」，是譏刺「鹽法」行之太急。

處死就自行了斷。在絕望中寫給蘇轍二首絕別詩交代後事，期待來生
與蘇轍再結兄弟緣，其情真意切，甚至連皇帝都不免為之動容。在多
人上書求情之下，神宗免除蘇軾死罪，貶為黃州團練副史，蘇軾的人
生從此開啟了另一個篇章。

◎ 作者

　　蘇軾（1037-1101），字子瞻，自號東坡居士，世人稱其為「蘇東
坡」。四川眉州眉山人，為蘇洵之子、蘇轍之兄，三人合稱三蘇，並
列唐宋古文八大家[5]之中。其詩、詞、賦、散文成就均極高，且善書法
和繪畫，在文史、哲學和藝術的領域內才華洋溢，是中國史上罕見的
全才。其散文與歐陽修並稱歐蘇，詩與黃庭堅並稱蘇黃，詞與辛棄疾
並稱蘇辛。詩與歐陽修、王安石、黃庭堅並稱北宋四大家[6]，書法名列
北宋四大書法家「蘇、黃、米、蔡」[7]之首，其畫則開創了湖州畫派。
蘇軾一生命運多舛，仕宦生涯大起大落。其為人豁達寬容、品格清
高，參透儒釋道三家思想，生命達到超曠圓融的境界。

5　唐宋古文八大家有唐代的韓愈、柳宗元；宋代的歐陽修、蘇洵、蘇軾、蘇轍、
　　王安石、曾鞏。
6　北宋四大詩家：歐陽修、王安石、蘇軾、黃庭堅。
7　北宋四大書法家：蘇軾、黃庭堅、米芾（ㄈㄟˋ）、蔡襄。

◎ 選文

湖州謝上表

蘇軾

臣軾言。蒙恩就移前件差遣，已於今月二十日到任上訖者。風俗阜安[8]，在東南號為無事[9]；山水清遠，本朝廷所以優賢[10]。顧惟何人，亦與茲選。臣軾（中謝）。伏念臣性資頑鄙[11]，名跡[12]堙微。議論闊疏[13]，文學淺陋。凡人必有一得，而臣獨無寸長[14]。荷先帝之誤恩[15]，擢置三館[16]；蒙陛下之過聽[17]，付以兩州。非不欲痛自激昂，少酬恩造。而才分[18]所局，有過無功；法令具存，雖勤何補。罪固多矣，臣猶知

---

8 阜安：富足安寧。阜，音 ㄈㄨˋ，豐厚。

9 湖州是東南地區和平安穩、沒有麻煩事情發生的城市。

10 湖州是朝廷尊禮有才德者的好地方。

11 頑鄙：愚鈍鄙陋。

12 名跡：聲名與行跡。

13 闊疏：空泛。

14 凡人必有一得，而臣獨無寸長：人各有長處，而自己卻毫無所長。

15 誤恩：誤施恩澤。

16 三館：宋初有昭文館、集賢院、史館，稱為三館。分掌圖書、經籍、修史。又有秘閣、龍圖閣、天章閣，主要是藏經籍、圖書及歷代御製典籍。統稱「館閣」。

17 過聽：誤聽、誤信。

18 才分：才能天分。

之。夫何越次[19]之名邦[20]，更許借資[21]而顯受。顧惟無狀[22]，豈不知恩。此蓋伏遇皇帝陛下，天覆[23]群生，海涵[24]萬族。用人不求其備，嘉善而矜[25]不能。知其愚不適時，難以追陪[26]新進[27]；察其老不生事，或能牧養[28]小民。而臣頃在錢塘，樂其風土。魚鳥之性，既自得於江湖；吳越之人，亦安臣之教令。敢不奉法勤職[29]，息訟平刑[30]。上以廣朝廷之仁，下以慰父老之望。臣無任[31]。

---

19 越次：不循順序。
20 名邦：著名的地區。
21 借資：藉助，憑藉。
22 無狀：不肖、無善狀。
23 天覆：比喻帝王或君子仁德廣被。
24 海涵：說人度量大或請人寬諒的話。
25 矜：音ㄐㄧㄣ，憐惜、憐憫。
26 追陪：追隨、伴隨。
27 新進：暗指支持王安石變法的新黨人士。
28 牧養：治理，統治。
29 勤職：忠於職守，工作勤懇。
30 平刑：公平辦案。
31 無任：很、非常、不勝。

山村五絕五首（節錄）
蘇軾

其三：

老翁七十自腰鐮[32]，慚愧春山筍蕨甜[33]。

豈是聞韶解忘味[34]，邇來三月食無鹽[35]。

其四：

杖藜[36]裹飯[37]去匆匆，過眼青錢轉手空[38]。

贏得兒童語音好，一年強半在城中[39]。

---

32 腰鐮：腰間配帶鐮刀。

33 慚愧春山筍蕨甜：春天一到滿山長出甜嫩的筍蕨，卻無鹽烹煮，愧對上天的美意。筍蕨：竹筍與蕨菜。

34 聞韶解忘味：見《論語・述而篇》，孔子聽了優美的韶樂，三個月不知肉味。

35 邇來三月食無鹽：此句諷刺鹽法為害。老農由於鹽法近來三個月都沒吃到鹽，飲食無味，豈是聽了韶樂而忘了滋味。

36 拄著以藜木製成的手杖。

37 裹飯：謂包裹著飯食解餓。

38 過眼青錢轉手空：青苗法規定在每年青黃不接的時候，由政府貸款給人民，收取比高利貸較低的利息。農民在城市受到豐厚商品的誘惑，轉手把貸來的錢花光。青錢，古時以銅、鉛、錫合製而成的錢，即青銅錢，在此指青苗錢。轉手，比喻輕易迅速。

39 贏得兒童語音好，一年強半在城中：青苗法每年兩次發放貸款，兩次上繳利息和本金，再加上繳稅、繳免役錢等等，使得農民一年到頭有大半時間往城裡跑，耽誤農事生產，連跟著大人進城的小孩都學會了城裡人的口音。語音，說話的口音。強半，大半、過半。

八月十五日看潮五絕五首（節錄）

蘇軾

其四：

吳兒生長狎[40]濤淵[41]，冒利輕生不自憐[42]。

東海若知明主意[43]，應教斥鹵[44]變桑田。

---

40 狎，音 ㄒㄧㄚˊ，親暱、熟習。

41 濤淵：指有濤瀾的深水。

42 這兩句話是蘇軾擔任杭州通判時，對吳越人的重利輕生產生憐憫的心情。吳人自小就諳習水性，狎玩浪潮，不知警戒。受到政府興修水利工程的利誘，當地人冒險踏波，不自愛惜生命。雖然法令也曾禁止弄潮，「是時新有旨禁弄潮」，終不能遏止。

43 東海若知明主意：東海若果有靈，知道朝廷要興修水利。

44 斥鹵：只能煮鹽而無法耕種的鹹鹼地。

獄中寄子由二首
蘇軾

其一：

聖主[45]如天萬物春[46]，小臣[47]愚暗[48]自忘身[49]。

百年未滿先償債，十口無歸更累人[50]。

是處[51]青山可埋骨，他年[52]夜雨[53]獨傷神。

與君世世為兄弟，更結人間未了因[54]。

---

45 聖主：對當代皇帝的尊稱，在此指宋神宗。

46 萬物春：萬物生機處處。

47 小臣：臣子在君王前的自稱。

48 愚暗：愚鈍而不明事理。

49 忘身：殺身、喪身。

50 百年未滿先償債，十口無歸更累人：此二句意指蘇軾死前自己的負債由蘇轍先償還，死後無家可歸的妻兒更是拖累蘇轍。百年未滿，謂未滿壽數，通常有人生百年之說，蘇軾此時才 40 多歲。十口，指蘇軾遺留的家人。無歸，無所歸宿。累人，家人拖累蘇轍。

51 是處：到處、處處。

52 他年：將來，以後。

53 夜雨：源自唐 韋應物〈示全真元常〉「寧知風雨夜，復此對床眠。」二句，後人以「風雨對床」比喻兄弟或親友久別重逢，共處一室傾心交談的歡樂之情。蘇軾和蘇轍兄弟二人感情深厚，蘇軾常吟此詩以示對弟弟子由的情誼。

54 未了因：佛家稱前生未了結的因緣。

其二：

柏臺[55]霜氣[56]夜淒淒，風動瑯璫[57]月向低。

夢繞雲山心似鹿，魂飛湯火[58]命如雞。

眼中[59]犀角[60]真吾子，身後牛衣[61]愧老妻[62]。

百歲神遊[63]定何處，桐鄉知葬浙江西[64]。

---

55 柏臺：漢御史大夫府中多種植柏樹，故稱御史臺為「柏臺」。

56 霜氣：喻剛正威肅之氣。

57 瑯璫：拘禁犯人的鐵鎖鏈。

58 湯火：比喻處境艱險惡劣。

59 眼中：猶言心目中。

60 犀角：額頭上隆起的骨，傳說為貴人之相。成語「犀顱玉頰」，額角骨突出如犀，臉頰潔白如玉。借指相貌不凡的年輕人。

61 牛衣：牛隻禦寒遮雨的覆蓋物。用麻草編成，如蓑衣之類。此句源自於「牛衣對泣」的典故，原指睡在牛衣中，相對涕泣；後喻夫妻共度貧困之生活。

62 愧老妻：妻子與自己同甘共苦十多年，可惜沒有留下積蓄，身後只能讓她獨受貧苦了。

63 百歲、神遊：死的含蓄說法。

64 桐鄉知葬浙江西：漢代的朱邑曾在桐鄉為吏，深得當地人民的熱愛，死前交代兒孫把他埋葬在桐鄉。蘇軾在監獄中聽說杭州、湖州一帶的老百姓自發地一連數月為自己作消災解厄法會，蘇軾希望死後埋葬在浙西一帶，以回報杭州、湖州百姓對自己的厚愛。

◎ 延伸閱讀

1. 林語堂著，宋碧雲譯，《蘇東坡傳》，臺北市：遠景，2005。
2. 林語堂英譯，黎明編校，《林語堂中英對照／東坡詩文選》，臺北市：正中書局，2008。
3. 余秋雨，《山居筆記》，臺北市：爾雅，1995。
4. Larry Diamond 著，林苑珊譯，《改變人心的民主精神──每個公民都該知道的民主故事與智慧》，臺北市：天下文化，2009。

◎ 活動與討論

1. 探討王安石變法當中的民生政策，例如青苗法、鹽法，試分成正反方兩方在班上進行理性的辯論。
2. 針對當今國內外有爭議的特定議題，同學們以書面或口頭方式，充分表達自己的意見。
3. 以蘇軾面臨的烏臺詩案為例，若是時空背景移到當代，有哪些救援行動可以助他無罪釋放？

（高碧玉編撰）

民主 五 我有一個夢想
〈蓋茲堡演說〉、〈我有一個夢想〉

◎ 單元介紹

現代公民之民主素養的提升，需強化公民意識和願意參與公共議題之討論、反思及抉擇，尤其是大學生在參與校內外會議時，要能適切表達出自己意見。師法歷史人物流傳千古之典範，本單元選擇兩篇經典演說，讓學習者思考其深刻意涵，並演練言語表達能力。

〈蓋茲堡演說〉（Gettysburg Address）是美國第十六任總統亞伯拉罕‧林肯最著名的演說之一，也是美國歷史上最常被引用的政治性演說，讚頌在蓋茲堡戰役[1]中陣亡的戰士們暨其獻身追求的崇高理想，其演說詞思慮深刻、行文嚴謹、言語洗練精闢，感人肺腑。1863 年 11 月 19 日，蓋茲堡戰役結束的四個半月後，林肯受邀在蓋茲堡國家公墓[2]（Gettysburg National Cemetery）揭幕式中發表演說，哀悼在蓋

---

1 蓋茲堡戰役是美國內戰中最慘烈的一役，數以萬計的士兵陣亡於蓋茲堡小鎮。美國南北戰爭，又稱美國內戰（American Civil War），是美國歷史上最大規模的內戰，參戰雙方為北方的美利堅合眾國（簡稱聯邦）和南方的美利堅聯盟國（簡稱邦聯）。起因為美國南方十一州因林肯當選總統而陸續退出聯邦，另成立以傑斐遜‧戴維斯（Jefferson Davis）為總統的邦聯，並驅逐駐紮南方的聯邦軍，因而林肯下令攻打「叛亂」州。
2 美國政府在蓋茲堡小鎮覓得十七英畝土地，為在蓋茲堡戰役陣亡的將士們蓋一座墓園。

茲堡戰役中陣亡的將士。當初的主講者另有其人[3]，林肯只是揭幕式的致詞者，然而動人的演說讓這場揭幕式不只是題獻一座墓園給陣亡將士，他重申了美國獨立宣言闡揚的「自由」、「人人生而平等」之信念，定位這場內戰不只是為聯邦政府的存續而開打，更是殊死奮戰讓美國成為一個民有、民治、民享的真平等國家。演說內容簡明扼要，修辭細膩周密，句句真摯誠懇具說服力。他以不足三百字，全場清晰可聞的聲音演說二分多鐘，帶給美國人空前的激勵與感動，後人立碑刻下了演說詞[4]，讓它伴隨林肯留名千古。

〈我有一個夢想〉（I have a dream）被公認為美國演講史上最具影響力的演說之一。雖然林肯早在 1863 年正式發佈《解放黑奴宣言》，承諾賦與美國黑人平等權，然而內戰後美國黑人仍然受到歧視的事實並未獲得改善，甚至美國南方各州陸續頒布種族隔離法令。1963 年 8 月 28 日，金恩為了爭取種族平等權，率領二十五萬群眾在美國華盛頓特區進行示威大遊行，他在林肯紀念堂前面的臺階上發表了這場劃時代的演說，不斷重複使用「I have a dream」這個詞語，描繪出他期待看到黑人與白人有一天能和平且平等共存的遠景時，柔情卻強力地觸動人內心深處。其實以「I have a dream」為開頭的段落，並不在預先準備的講稿之中，是金恩受到現場民眾鼓舞脫稿演出，沒想到這些句子竟為整場演說注入靈魂，日後「I have a dream」成了這場演說的代稱。〈我有一個夢想〉這一場演說促使美國國會隔年通過

3　墓園揭幕式的主講者是愛德華・艾佛雷特（Edward Everett），當時著名的演說家，演說長達兩小時。後世大多不記得艾佛雷特這兩小時講了什麼，反倒是林肯不到三分鐘的蓋茲堡演說留名千古。

4　蓋茲堡演說詞被鏤刻於美國華盛頓特區的林肯紀念堂中的牆壁，并且被鑄成銅牌，收藏於牛津大學圖書館內，其演講手稿被藏於美國國會圖書館。

《民權法案》，成為美國人權運動發展的重要里程碑。

◎ 作者

　　亞伯拉罕‧林肯（Abraham Lincoln，1809-1865），第十六任美國總統，有名的政治家、思想家。美國南方和北方因政治和經濟利益的衝突而分裂，1860 年林肯當選總統，隔年爆發內戰，史稱南北戰爭。林肯擊敗了南方分離勢力，維護了聯邦的完整及其領土上不分人種、人人生而自由平等的權利。林肯廢除了奴隸制[5]、解決了土地問題、鞏固了聯邦政府的統一、使美國完全確立了資本主義工商業的經濟制度。內戰結束後不久，林肯遇刺身亡。

◎ 選譯

> ### 蓋茲堡演說
>
> #### 亞伯拉罕‧林肯
>
> 　　八十七年前，我們的先人在這塊大陸上創建了一個新的國家[6]。這個國家孕育於自由之中，奉行人人生而平等的信念。

5　林肯在內戰期間頒布了《宅地法》、《解放黑奴宣言》。

6　美國獨立戰爭（1775-1783）成功，北美十三州脫離大英帝國統治，創建了美利堅合眾國。

而今，我們正投入一場偉大的內戰，考驗這個在自由中孕育、奉行上述原則的國家能否長久存在。當下我們聚集在這場內戰中的一處偉大戰場，將這個戰場的一部分奉獻給那些在此地為國捐軀的戰士們，作為他們最後的安息之地，這是我們義不容辭、應當去做的事。

然而，從廣大的意義而言，我們沒有能力奉獻、也沒有能力神聖化這片土地。無論是活著的或是陣亡的勇士們，是他們的奮戰讓這片土地變得聖潔，而我們微薄的力量是遠遠無法增減絲毫。世人將不會注意、也不會長久記得今天我們在這裡說的話，但烈士們在此地的犧牲奉獻將永誌不忘。

我們活著的人應該致力於烈士們斐然可觀，但尚未完成之志業[7]。在此地的我們對眼前尚未完成的偉大志業責無旁貸——效法鞠躬盡瘁的先烈，從他們身上汲取精神力量，進一步地貢獻於他們投入畢身精力的未竟之業。我們在這裡下定決心，絕不能讓先烈的鮮血白流，在上帝的護佑之下，我們國家自由必定獲得新生，民有、民治、民享的政府將永世長存。

---

7 蓋茨堡戰役（Battle of Gettysburg，1863 年 7 月 1 日至 7 月 3 日）經常被引以為美國內戰的轉捩點，聯邦軍團抵擋了邦聯軍團的進攻，獲得決定性勝利，終結了南軍最後一次入侵美國北方各州。1865 年 4 月 9 日，南軍向聯邦軍投降，內戰宣告結束，林肯政府收復南方。

◎ 作者

　　馬丁・路德・金恩博士（Martin Luther King, Jr.，1929-1968），美國著名的黑人民權運動領袖，主張非暴力社會改革。金恩出身於亞特蘭大黑人牧師家庭，1955 年發起蒙哥馬利抵制乘車運動[8]，當時他連同其他抗議人士被捕入獄，引起全美的注意。之後，金恩持續以書寫、演說和大規模的和平示威運動等方式，突顯種族歧視的問題。1964 年，美國國會制定民權法案，宣佈種族隔離、族群歧視為非法政策，同年他贏得諾貝爾和平獎。1968 年 4 月 4 日，他在演講時被一白人槍殺身亡，年僅三十九歲。1983 年美國設立「馬丁・路德・金恩紀念日」並定為國定假日[9]，以紀念這位偉人。

◎ 選譯

> ### 我有一個夢想（節錄）
> #### 馬丁・路德・金恩
> 　　朋友們，今天我要對你們說，儘管現在和未來充滿困難挫折，我依然懷有一個夢想，一個深植於美國夢之中的夢想。

8　此運動抵制阿拉巴馬州蒙哥馬利市公車上的種族隔離政策，在巴士上，非白人只能站或坐在後面，並把位子讓給白人，曾經有一黑人婦女因沒有讓座給白人而遭逮捕。

9　每年一月的第三個星期一被定為「馬丁・路德・金恩紀念日」，是美國聯邦假日之一。

　　我有一個夢想：夢想有一天，這個國家將會站起來，實踐獨立宣言的真諦：「我們認為真理不言而喻，就是人人生而平等。」

　　我有一個夢想：夢想有一天，在喬治亞州的紅土山丘上，昔日奴隸與主人的兒子同席而坐，情如手足。

　　我有一個夢想：夢想有一天，甚至連密西西比這樣一個被不義和壓迫之火焰所煎熬的荒漠之州，也會改造成一座自由和正義的綠洲。

　　我有一個夢想：夢想有一天，我的四個小孩將生活在一個不以膚色，而是以品格來評斷人的國度裡。

　　今天我懷有一個夢想！

　　我有一個夢想：夢想有一天，在種族歧視最嚴重、州長仍然頑強地拒絕承認聯邦政府法令的阿拉巴馬州，有朝一日，那裡的黑人小孩和白人小孩能夠像兄弟姊妹般手牽手。

　　今天我懷有一個夢想！

　　我有一個夢想：夢想有一天，深谷被填滿，山丘被夷平，歧區不平之處化為平坦，曲折小徑化成筆直，「上帝之榮光顯現，普天下生靈共謁」。

　　這是我們的希望，我就是帶著這個信念回到南方。

　　懷著這個信念，我們能夠從絕望之山開鑿出希望之石。懷著這個信念，我們能夠把國家種族不和的吵雜聲，轉變為友愛的美妙樂章。懷著這個信念，我們能夠一同工作，一同祈禱，一同奮鬥，一同入獄，一同捍衛自由，因為我們知道，有一天，我們終會獲得自由。

　　當這一天到來，上帝所有的子民都能以新意涵高唱：

　　我的祖國，可愛的自由之邦，我為您歌唱。這是我祖先安息之地，這是朝聖者為之自豪之地，讓自由鐘聲，響徹每一處山坡。

◎ 延伸閱讀

1. 李家同編著，閻驊譯寫，《從 28 篇經典演說學思考》，臺北市：圓神，2010。

2. 艾柯編譯，《改變世界的演講：史上最憾動人心的文字》，臺北市：大好書屋，2009。

3. 石幼珊，《名人演說一百篇》，臺北市：臺灣商務，1998。

4. 喬治‧歐威爾著，董樂山譯，《一九八四》，臺北市：志文，1991。

5. 安東尼‧伯吉斯著，王之光譯，《發條橘子》，臺北市：臉譜，2011。

◎ 活動與討論

1. 「人人生而平等」已成為普世價值，思考當代是否仍存有種族、宗教、性向、性別等方面的不平等待遇？若有，請條列出來並探討其緣由和解決之道。

2. 仿效本單元的兩篇演說，針對特定議題擬一篇簡明扼要，修辭細膩周密，句句真摯誠懇具說服力的演說稿。

3. 就特定議題，現場演練能撼動人心、發人深省的演說。

（高碧玉編譯）

PART 3 科學素養

導　論

　　現代公民應該具備科學素養，才能適應快速變化的社會，並具有國際競爭力。然而科學素養是什麼？最通行的定義是：做為現代公民，能體認科學乃是人類文化活動的產物之一，並能了解科學產生之效果及其相應限制，進而願意參與科學相關的公共議題之討論、反思及抉擇。

　　以上的解釋似乎還是有點抽象難以把握，那麼，我們不妨聽聽科學家更具體的說法。《科學人》雜誌在 2012 年曾經舉辦一系列講座，邀請國內幾位著名的科學家探討這個議題，出席者包括國立自然科學博物館孫維新館長、中央研究院數學所研究員李國偉教授、臺師大數學系教授林福來等人，綜觀專家們的意見，科學素養包涵如下幾個要點：第一是講求邏輯思考的生活態度、講求實證；第二是信任科學；第三有科學素養的人應能根據科學與證據，建立自己的主張、論點，形成見解；第四是能運用已有的知識解決問題；第五是閱讀適當的科學文章，從中理解科學的思考方式。

　　那麼，這些科學素養要如何培養？顯然不只是傳統教室中背誦知識可以達成，而是經由討論日常生活中的科學議題，建立自己的價值體系。而日常生活中的科學議題俯拾即是，此處的選文雖然無法在有限的篇幅裡面面俱到，但是五個單元裡宏觀與微觀兼具，這些作者的學思背景亦跨越文學與科學，期望讀者能在閱讀之際，感受科學乃是

人類文化活動的產物，體認這些既講求邏輯思辯又富於人文情懷的心靈。

　　第一單元陳之藩〈覓回自己〉一文，以赫胥黎祖孫三代為例，反思人類徒有物質文明的進展，而使精神層面荒蕪的現象；第二單元孫維新〈白象與男孩〉一文，則以幽默與自我解嘲的態度思考科學的意義，說出「科學工作者研究自然的歷史，就是一連串『認錯』的過程。」如此深刻懇切的話語；第三單元阿寶〈討山緣起〉一文，聚焦於臺灣高山森林開發與生態破壞問題；第四單元李國偉〈科、文、游牧〉一文，則是數學家自我剖析游牧於科學與文化、文學之間的心靈富足；第五單元阮慶岳〈祝福你，Taipei 101〉一文，是非常具有人文視野的建築家，以文學的視角來觀看臺北的指標建築。

我在哪裡

〈覓回自己〉

◎ 單元介紹

　　人是什麼？做為一個人，什麼是最重要、最根本的？這是古今以來人類不斷討論的問題，也是同學們必須思考的問題。因此，哲學家、宗教家提醒世人，要認識你自己、找回真正的自己。然而，文明發展的過程，常常是人類迷失了自己。

　　自從「啟蒙運動」之後，西方一直沉浸在極端的樂觀主義之中。達爾文的「進化論」使西方人相信，人類文化永遠呈直線的進步、上升，未來的遠景，光明而幸福。但是，經歷兩次大流血的戰爭，有識之士發現，文明的發展歷程並不必然如此。人類文明已經出現了嚴重的危機。陳之藩認為，危機之所以發生，是因十九世紀以來，人類百多年來只知努力的追求財富，忽略精神的提升，因而失去了靈魂，其情形有如阿‧赫胥黎《美麗新世界》小說裡的人，只是依照條件反射生活，喪失自我反省的能力，以致贏得了天下，而輸掉了自己。所以，他呼籲人類要覓回自己，做一個真正的人。

　　本文以英國學術界十分著名的赫胥黎家庭祖孫三代思想、心情的差異為例證，描述十九世紀至二十世紀文明發展的現象。老赫胥黎是十九世紀的生物學權威、達爾文主義者，充滿了樂觀的情緒。老赫胥黎的兩個孫子裘‧赫胥黎與阿‧赫胥黎，分別是二十世紀的生物學權威、諾貝爾獎得主與文學鉅子。他們生逢二十世紀，經歷兩次世界大

戰，對於現代文明只重視物質的開發創造，而忽略內在精神的提升進步之現象，體會很深刻，所以阿‧赫胥黎寫了《美麗新世界》這部科幻小說告訴人類，人類文明不管進步到什麼境界，都不能喪失自我，失去了靈魂。陳之藩〈覓回自己〉一文，以赫胥黎祖孫三代情緒的不同，探討十九世紀至二十世紀一百多年來人類文明的發展，物質開發創造成果豐碩，卻失去自己的問題，不用抽象枯燥的理論論述，而是以文學的方法來表述，內容理性與感性兼備，手法新穎奇特，頗能發人深省。

◎ 作者

　　陳之藩（1925-2012）字範生，河北霸縣人，北洋大學電機系學士、美國賓夕法尼亞大學碩士、英國劍橋大學電機哲學博士。曾任國立編譯館自然科學組編審。曾應清華大學、臺灣大學之聘回國講學。先後任教於美國休士頓大學、香港中文大學、美國波士頓大學、臺灣成功大學。

　　陳之藩生性沉靜，雖從事科學研究，卻深具人文素養，喜歡文學，熱愛寫作，擅長寫短篇雜感散文，作品文字清新流暢，內容融合哲學的理性思辨、科學的縝密邏輯與憂時感物的情懷，呈現出清淡雋永、引人深思的風格。著有《旅美小簡》、《在春風裏》、《劍河倒影》、《散步》等書。

◎ 選文

覓回自己

陳之藩

　　裘・赫胥黎[1]到美國來開會，商量的主要題目是人類的前途。兩個月前，我看到的這樣一個消息，以後即沒有下文了。並不是人類沒有了前途。而是討論半天，終屬詞費。

　　赫氏這一家，是時代的幾個極峰，由他們這一家中祖孫三代的氣味不同，也可以感覺到人類脈搏跳動的緩急。

　　老赫胥黎[2]是十九世紀的人物。十九世紀末葉，究竟樂觀到什麼程度，我們不難拿老赫胥黎當作代表。我願意重述這個達爾文主義者所講的故事：

　　「古時候，有一個老人，臨死時，把兒子叫到牀前；向他們說：『後花園中埋有金子，你們去掘吧。』老人死後，兒子拚命的在園中挖掘，並沒有金子，而這樣一掘，土地大鬆，翌年的葡萄卻大熟了。」

　　整個的十九世紀，人們的情緒，都像這位老人的兒子；在那裡瘋狂的努力，在那裡忙碌的收穫，飛向天空，游向海底，用鐵腳邁過河流，用鐵拳擊開峭壁，不需要有上帝的幫

1　裘・赫胥黎：即 Julian Sorell Huxley（1897-1975）英國生物學家、作家、人道主義者。為老赫胥黎之孫子。

2　老赫胥黎：即 Thomas Henry Huxley（1825-1895）英國自然哲學家，學識精博，舉凡生物、地質、教育、宗教諸學皆有著述，在哲學及神學上主張進化論及不可知論，《天演論》即其著作之一。

助，也不需要有祖宗的遺留，人人可以是無冕的帝王，處處可以成極樂的天國，只要努力，就會有成的。

黃金的年月如流水一樣的逝去，人類走入二十世紀了。老赫胥黎死在二十世紀到來的前五年。兩個世代過去以後，他的孫子全長大了，裘·赫胥黎是當代生物學的權威，阿·赫胥黎[3]是文學的鉅子。

而孫子這一代卻說些什麼呢？

阿·赫胥黎借用莎士比亞[4]的暴風雨中的詞句「美麗新世界」，作了一本小說，他的看法是：二十世紀的文明，正如暴風雨中的女主人公所驚呼的「美麗」。在這個世界裡具有靈魂的人，想從這個只有流線型[5]而無靈魂的伊甸[6]中逃走。

在暴風雨中，一個在荒島上的女孩子，從未見過生人，長大了，忽然看到一群壞人乘船漂到島上來，他們都是衣冠楚楚的，這個孩子說：「美麗新世界」，其實衣冠楚楚的下面所包含的，是禽獸，是罪犯，是無知。這個「美麗」就是現代文明所造成的。

3　阿·赫胥黎：即 Aldous Huxley（1894-1963），英國小說家兼散文作家，所作小說以機智和諷刺見長，著名作品有《美麗新世界》、《針鋒相對》等。為老赫胥黎之孫子。

4　莎士比亞：William Shakespeare 生於十六世紀，為英國文學史上最傑出的戲劇家，也是世界最傑出的文學家之一，流傳後世的作品包括三十八部戲劇、一百五十五首十四行詩、兩首長敘事詩和其他詩歌。

5　流線型：流線型是前圓後尖、表面光滑，略像水滴的形狀。

6　伊甸園：根據《聖經·創世紀》的記載，耶和華上帝照自己的形像創造了人類的祖先，男的稱亞當，女的叫夏娃，將他們安置在伊甸園中。伊甸園或稱樂園，在聖經原文中含有快樂、愉快的園子的意思。

阿‧赫胥黎還有一本書叫做目的與手段，每一句話都像尖利的匕首，一把一把插到時代的病瘤上。

為什麼祖父的樂觀情緒，一點都未遺傳給孫子呢？這該不能不說時代使然吧！

原子能，人造衛星，彩色電視，超音速飛機，……事物一日一變，為什麼悲哀的聲音卻越湧越高呢？現在抗議的人已到了一種不能自制的程度，我曾聽到一個老教授戰慄的說：「我們寧冒盲信的危機，踏回中世紀的門檻，也不能在這個大真空管中呆著。」

這話是有些悲極而至於憤怒的。

大史家湯恩比，在今年二月有一篇專文，他看現代文明是沒有希望的，除非有宗教的復興，他相信，西方文明還有這種能力，所以還相當樂觀。

他的所謂宗教，並不是回到中世紀去，大概是像羅曼羅蘭所說：「目前人類所急需的，是一個既不壓抑熱情，也不放棄理智的自由人的宗教。」

其實，所謂宗教，不過是崇拜一完美的人格，這一派的思潮都是呼喚人要從物質的瘋狂追求，到精神的清明覺醒。用另一句話說，要在淡漠的天空下，褐色的地球上，造出一能站得住的人來。

經過了兩次戰爭的大流血，半個地球的大坍陷，人類逐漸覺出，這百十年來的血汗努力，是贏得了天下，而輸掉了自己。

贏得天下，而輸掉自己，並不是一個合算的算盤，雖然還

有無數人在此算盤上下賭注，先知者已經感覺出不是滋味了。

時代主要的精神是給我們增加了財富，但財富的增加結果是什麼呢？正如愛因斯坦所說：「我堅決相信，財富不能引領人類向前，即使在好人手裡亦屬如此。唯有偉大而純潔的人，才可以導出善的觀念與善的行動來，你能想像摩西[7]、耶穌、甘地[8]成天背著錢口袋亂轉嗎？」

時代需要真正的人，而真正的人並不是由原子能所造得成，由噴氣機所趕得到的。

我倒願意替裴・赫胥黎的會談下個結論，目前人類的急需還不僅是如他對記者所說的話，開發落後與節制人口。我們是在迷失的時代，主要的努力應是先覓回自己。

　　　　　　　　——民國四十四年十月二十二日於費城

7　摩西：摩西是西元前十三世紀的猶太人先知。《舊約聖經・出埃及記》記載，摩西受耶和華之命，率領被埃及人奴役的以色列人逃離古埃及，前往神所預備、流著奶和蜜之地迦南。神並藉著摩西寫下《十誡》給他的子民遵守。

8　甘地：甘地（1869-1948）為印度國父。他提倡非暴力思想，不合作運動，帶領印度脫離英國殖民統治，獲得獨立。他的非暴力哲學影響全世界很深遠。

◎ 延伸閱讀

1. 史賓格勒著，陳曉林譯，《西方的沒落》，臺北市：華新，1977。
2. 陳之藩，《旅美小簡》，臺北市：遠東，1995。

◎ 活動與討論

1. 「自我」的問題是古今人類不斷探索的問題，你能否從宗教、心理學、哲學、社會學、文學、藝術等領域有關的說法，說明「自我」是什麼？
2. 設計一個代表你自己的徽章，自由選擇使用線條、圖形、動物、植物、天象、顏色等素材，組成一個有意義的圖畫，代表你所重視的生命的價值、生命的意義、以及你期望別人從徽章認識你的種種特質。在完成徽章後，寫一份徽章說明書，介紹徽章的內容，讓同學了解。

（康雲山編撰）

理未易明
〈白象與男孩〉

◎ 單元介紹

　　自古以來，科學家不斷地在研究、追尋自然的真理。科學家研究所得的答案長久累積下來，即形成自然科學發展史。將自然科學發展史加以檢視，可以發現，某一時期所發現的答案，或提出的結論，當時往往會被視為真理，當成典範，為科學界與一般人所遵奉。然而，某一時期的真理，常常又被後來的新發現所推翻或取代，造成典範的轉移。

　　自然科學所發現的真理，之所以不斷地推陳出新，原因在於科學研究並非如我們所想像的那般客觀，它常受文化、社會、哲學及主觀因素所左右，科學研究的方法也因此有其限制與盲點。卓越的物理學家 David Bohm 即清楚地說過：「每種詮釋背後多多少少都有他的哲學存在，沒有基本理念，你根本無法做任何詮釋……每一種看法都有它的形上學。」因此，著有《科學無涯》一書的美國科學家派爾曼告訴我們：「太早的結論讓我們閉塞，阻擋接受新知與進步之路；失去向真理邁進的可能。更糟糕的是，太早的結論就是築起我們與新知、專業、宗教、種族，甚至國家間的牆，並把自己局限在牆內。」孫維新〈白象與男孩〉一文，以自然科學的重要例子與生活經歷告訴我們，「理未易明」，事未易察。面對自然的真理與知識的大海，要心懷謙虛，勿以所知自限自滿；對於事情，不要太早下結論。

◎ 作者

　　孫維新 1957 年生於臺灣臺北市。國立臺灣大學物理系畢業，美國加州大學洛杉磯分校天文物理學博士。曾任中央大學教授，後轉任臺灣大學物理系暨天文物理研究所教授。2011 年借調至國立自然科學博物館擔任館長。孫維新除專精天文物理研究，常發表科普文章，以天文學普及教育聞名，曾獲社會服務傑出獎、傑出研究獎、科教節目金鐘獎及教學傑出獎等多項獎勵。孫維新興趣廣泛，雅好戲劇，曾任臺大國劇社社長，參與國劇及舞臺劇演出。

◎ 選文

白象與男孩

孫維新

　　一個英國觀光客在泰國見到了白象，驚嘆之餘，想買一頭帶回英國，但是白象是神聖象徵，不准出口，於是他賄賂了旅館小弟，在後巷中買到一頭白象。他欣喜若狂，把大象牽回旅館房間，塗上灰漆，成了一頭普通大象，第二天帶著大象順利離境，回到英國，牽回家中，洗掉灰漆，出現一頭白象，他高興萬分，但總覺得沒洗乾淨，再洗兩下，白漆也掉了，又出現了一頭灰象。

　　許多時候，我們常常會問自己：「到底哪一層才是真的？」

　　理未易明，大自然的神秘，就在於它無法被一眼看穿。牛頓到了晚年，當別人恭維他時，他說：「我只覺得我像一個在海邊嬉戲的孩子，偶爾撿到一個光滑圓潤的鵝卵石，偶爾發現一片漂亮的貝殼，但蘊含所有真理的大海在我面前，我卻對它一無所知！」牛頓在大自然之前如此謙卑，是因為他知道偉大的科學工作者雖然作出了偉大的發現，但也常常會犯下偉大的錯誤。

今天的科學　也許是明日的神話

　　托勒密從每天的生活經驗中，歸納出太陽繞著地球轉的「地心說」，主導了歐洲人的宇宙觀長達一千四百年，直到哥白尼提出了「日心說」，在日地關係上作出了重要貢獻，但他錯誤地使用了「圓形軌道」來描述行星的運行，因此無法準確預測行星位置；克卜勒鑽研火星數據，得出了「橢圓軌道」的重要結論，大幅改進了預測行星位置的準確性，但當別人問他太陽靠著何種力量維繫行星繞行時，克卜勒回答「磁力」！只因為當時「磁力」剛被發現，因此所有不可知的現象一概歸咎於「磁力」；牛頓提出了「萬有引力」的概念，建構了太陽和行星之間的聯繫，但卻認為空間是三維正交；愛因斯坦結合了空間和時間，提出了四維時空，但是卻因為相信宇宙是穩定不變的，在數學式中硬是加入了一個「宇宙常數」，以抵銷萬有引力的作用，希望讓宇宙維持「穩態」，不數年之後，哈柏發現了宇宙正在「均勻膨脹」，讓愛氏頓足嘆息……。

　　的確，科學工作者研究自然的歷史，就是一連串「認錯」的過程。後之視今，猶今之視昔。兩千年前，希臘人對夜空的描述，今天我們稱之為「神話」，那卻是當年他們的「科學」；我們又怎麼知道，今天我們的「科學」，不會變成明天的「神話」？

知識多一點　結果可能就不一樣

　　不單科學，世事皆然，在知識的道路上多邁幾步，回頭望向來時路，才知自己原先錯得多離譜。兩年前我到新疆探勘天文臺址，在荒郊野外停車休息，山壁旁見一男孩正在放羊，和他聊天說話，覺得他聰明可愛。正說著話，有一隻羊順著山壁跑遠了，他不用去追，地上撿塊石頭綁在繩子末端，在頭上猛力迴旋，速度夠快時手腕一抖，石頭筆直射出，正打在那隻羊上方的山壁上，「啪」的一聲，把羊嚇了一跳，知道自己錯了，乖乖地掉頭歸隊。這種技巧和手勁，就像是武俠小說中描述的少年奇人！我佩服萬分，但是想想他的一生，也就是和這十幾隻羊為伍了，心下不禁悵然。回到臺灣說給學生聽，告訴他們看看新疆男孩，想想自己，在臺灣有這麼好的資源和環境，不好好利用真的太可惜了，講得泫然欲泣，聽者動容。

　　第二年再訪新疆，和當地縣長同桌吃飯，感慨萬千地提到這個新疆男孩，沒想到縣長反應是：「孫老師，你完全誤會了！再偏遠的地方，都有小學可以唸，他們就是不去！」原來當地的大人不希望小孩上學，留在家中是個勞動力；小孩

也不希望上學，到學校要寫作業要考試，考試考不好還要打手心，放羊沒有壓力，多快樂啊！」縣長說：「你知道當地的大人是怎麼嚇唬他們的孩子嗎？（作兇狠狀）你要是不好好放羊，我就送你去上學！」

我心中只出現三個字：「挖哩ㄌㄟ！」理未易明，知識多一點，結論可能完全不一樣！

◎ 延伸閱讀

1. 孫維新，《孫維新談天》，天下文化，2011。
2. 基普・索恩（Kip Thorne）著，蔡承志譯，《星際效應：電影幕後的科學事實、推測與想像》，漫遊者文化，2015。

◎ 活動與討論

1. 如何分辨科學與神話？
2. 科學和文化、社會、哲學有何關係？

（康雲山編撰）

能為地球做的事
《女農討山誌・討山緣起》

◎ 單元介紹

　　隨著人類對土地的開發越甚，探討人與自然之間關係的書籍也越來越多，若能將理念付諸實踐，並且詳實記錄下來則尤為可貴。十九世紀中葉，亨利・梭羅在《湖濱散記》中詳細記下他的材料支出和農田總收入；二十世紀，美國中產階級聶爾寧夫婦經歷六十餘年自給自足的農耕生活後，完成《農莊生活手記》，開啟了二十世紀六〇年代「回歸自然運動」的風潮；二十一世紀初，很特別的一位臺灣女子阿寶，為了逐一個自己都沒有把握的夢，向天借膽，向人借錢，在山上自力造屋，過著沒有電的生活，白天辛勤農作，夜晚點油燈照明，閱讀農業專書，想在實做中學習這個領域的專業，用善待土地的方法耕作；之後種植水果，實踐著想要與山林和平共存的理想，然後寫下了實現自己理念的《女農討山誌：一個女子與土地的深情記事》一書，描述了女農討山的緣起與歷程。本書適合推薦給：想要讓自己有實踐力的同學，也適合給熱愛大自然、熱愛環境保護的同學，更適合給每個生活在現代叢林的我們閱讀。

　　本單元所節選的〈討山緣起〉一文，阿寶首先追溯了臺灣高海拔山區土地開發的歷史淵源，最初只見墾拓帶來的經濟效益，不見永續經營的環境意識，直到斧鑿已多，青山綠水即將變色，政府再要回收造林卻困難重重。眼見開發與保育間的扞格衝突，阿寶反求諸己，對

於自己在實質上安於物質文明，而精神上嚮往自然的狀態，感到困惑又懷疑，於是決心放手一搏，深入議題核心，找出自己的答案。她租下果園，在維持生計與復原山林兩者之間，力求合理化的經營，文章的後半段描敘了此過程中的點點滴滴。

◎ 作者

　　阿寶，本名李寶蓮，1965 年生於宜蘭，東吳大學中文系畢業。阿寶曾經為學攝影而謀職於照相館，每天沖映照片、接觸化學藥劑而對此愛好心生動搖，漸漸無師自通拿起畫筆取代相機。大學時代首次攀登高山，對原始山林的迷戀一發不可收拾，後任太魯閣國家公園解說員。1994 年起自由旅行、寫生，花了一年半時間，以騎單車、徒步、趕驢等方式遊走西藏、尼泊爾、印度等地，也曾在北歐斯堪地那維亞半島單車環遊寫生七個月。結束雲遊後，蟄居花蓮竹村，不定期在梨山打工。2000 年，將對山林土地的關懷付諸實行，正式成為梨山女農，並寫下《女農討山誌》。

◎ 選文 (出處：《女農討山誌》／作者：阿寶／出版社：張老師文化)

女農討山誌·討山緣起
阿寶
臺灣高海拔山區的土地開發，始於民生困頓的民國四十年

代。為了豐饒物產、富裕民生，也為了安頓隨國民政府播遷而來的退除役官兵，中央一面大刀闊斧鑿山開路，一面延集專家勘議土地的開發政策。於是，路跡所至，資源盡出，斧鋸伐林在先，鋤犁墾耕在後；沿著北、中、南三大橫貫公路，高逾海拔兩千五百米，中高海拔山區的墾拓浩浩蕩蕩展開。

這片山區大多是國有林地。先是由退輔會成立農場，正式做農業開發之用，繼有將果樹列為造林樹種的「租地造林辦法」，由林務局將伐林過後的山坡地招募退除役官兵開墾，再租與造林，使林地農用合法化。而有了交通的便利、溫帶水果和高冷蔬菜的利誘，也使原住民保留地一路跟進。

曾經，這些山區的溫帶蔬果為這個亞熱帶島嶼增添了不少珍罕的物產；曾經，這片處女墾植地安置了數千飄洋離鄉的榮民榮眷，也富裕了蔽處深山的原住民。但開發伊始的銳意急進，忽略了對環境問題的高瞻遠矚[1]，開發的土地連峰披嶺地泛漫開來，沒有鑿定水域的保護範圍，以緩衝農藥肥料對水源的污染（例如大小溪澗兩側若干公尺以內禁止墾伐），也沒有限制開發的坡度，防範土石沖刷於未然，更沒有適當的廢棄物處理規劃。政府引民耕墾在先，而收拾一路迸發的問題在後。

隨著民國六十三年德基水庫建立，緊接著民生富足之後，環境意識也普遍抬頭，水土保持、環境污染、自然景觀破

1　高瞻遠矚：形容見識遠大。

壞，以及生態保育問題逐漸引發關切。民間保育人士奔走疾呼，喚起社會大眾關心青山綠水即將變色的隱憂；政府當局開始勘測耕墾地的坡度，以仍無水土保持之虞的緩坡地為「宜農地」，坡度過陡的為「超限利用地」或「宜林地」。

　　一次又一次的回收造林政策[2]，掀起一波又一波的農民抗爭。不甘謀生立足的土地就此失卻，不願血汗掙來的生計就此斷絕，官方數度明令執行，民眾多次集結抗議，始終依法回收的土地有限，而強制執行的成效無期。

　　一度，我是個負重登高、穿林撫雲的愛山人，山林樹石曾為我推開生活的新窗，水雲曠野大幅鋪展我生命的視野，愈是感念這一切，就愈是對這一切的衰變痛心惋惜，深切希望政府的回收造林政策早日落實。偏偏我也曾在這些山區揮汗工作，舔嘗生活的艱辛，對這群胼手胝足[3]的人們不忍苛責，更難只做一個打零工的過客，對這裡的問題不想太多。漸漸地，對是不是可以繼續安於實質上過物質文明生活而精神上嚮往自然的狀態，愈來愈不確定。

　　那些獨自在深山曠野中愉悅澄淨的日子，和無數次出入山野民族，體驗貧乏艱困的生活實相的經驗，激盪出一些潛藏的矛盾——我儘可以深入荒野享受至高無上的自然宴饗，體驗極致的性靈昇華，但背後支持我的，總是一個龐大複雜的

2　回收造林政策：將種植檳榔、蔬菜等超限利用的山坡地，由土地管理機關收回後實施造林。

3　胼手胝足：手掌腳底因勞動過度，皮膚久受摩擦而產生厚繭，形容極為辛勞。音，ㄆㄧㄢˊ ㄕㄡˇ ㄓ ㄗㄨˊ。

文明社會，那個社會挾著無與倫比的勢力衝擊著自然，迸濺出許多過剩的殘屑，我靠著這些殘屑，輕而易舉在大自然面前做出無求的姿態。

　　我知道，這點心虛多年來一直都存在——我不能否認人與自然間存在著極大的衝突，但我總喜歡以無辜的面貌來到自然的懷抱，想與祂和諧交心。終於有一天，那點被刻意忽略的心虛大聲說話，連自己都被嚇一跳！它說，我也不是那麼無求、無辜，那麼能與自然和諧，只不過一向都把索求和衝突交給別人面對罷了……這聲音如此清晰，我像個被當眾揭發的偽善者，驚慌失措，卻無法迴避，從此不能再懷著這種心虛過日。於是，在人與自然的關係裡找出自己的定位，成為我年過三十之後最迫切需要解答的命題。

　　人與自然間的關係，到底傾向衝突或和諧？向來見仁見智。保育輿論偏愛詠嘆和諧、指斥衝突；而一向站在衝突最前線的開發者卻認為，人與自然的和諧是優渥有餘的都市文明人奢侈的夢，為了這種奢侈，眾口喧喧要他們放棄賴以維持的生計或辛苦掙得的利益。

　　我在羊群中長大，慣聽狼族的種種邪惡，始終不敢離開牧犬的衛護，面對這樣的看不清是不是真的？多希望它不是，想證明它不是！最後我打破羊群的禁忌，踏上這片備受爭議的土地，希望得到一些新的啟示。

　　我既關切高海拔山區的開發問題，又沒有能力分析大局、譏評時事，或鼓動人心造成勢力，只有用自己的方式試圖深入自己關懷的議題——既然覺得別人利用土地的方式不夠

好，自己來做管理者是不是能創出一點新意？緩和一些人與自然的衝突？期望別人拋捨利益，如此困難，自己是不是願意拋捨看看？我可不可以先放棄成見來做他們的一份子，過他們所過的日子，做他們所做的工作，經歷他們所經歷的心情？

我租下一片果園，開始試驗自己的想法。這塊七分多的山坡地屬於原住民保留地，三十多年來一直放租給平地人經營，其中緩坡陡坡兼具，又臨著一條小山溝，正符合我的構想。因為沒有足夠的金錢將它買下，我必須用果樹的生產來奠定經濟基礎，一步步朝理想邁進。

我首先將鄰界山溝的部分放棄耕作，再將陡坡的部分逐年植樹造林，或任其復原，繼續經營的緩坡也改變原有的耕作方式：停止殺草劑的使用、植草護坡減少表土沖刷；儘量使有機質肥料，避免大量的化學肥料在暴雨期間溶入水源。至於果樹的栽培管理：如何剪枝、如何施肥、如何判斷果樹營養狀況、如何打藥、開搬運車……一一從頭學起。

果園交接時有梨樹兩百五十三棵，桃樹十棵、蘋果樹三棵，以及柿苗若干。林務局的造林方式是先將原有果樹砍除盡淨，我則保留果樹，在空缺處或樹下植苗。由於苗木成活長大需要數年時間，這期間可以持續照顧果樹，收穫果實，待樹苗漸長就逐步縮減果樹，最後放棄經營和採收。水果的收益用以支付地租，購買設備、農藥、肥料及必要時僱工的工資，結餘的部分則積攢下來，希望最後能將土地買下，或租下更多果園納入合理化經營。

　　民國八十八年，加入世界貿易組織（WTO）的運作如火如荼[4]，我大膽假設十年之內國際貿易的開放將大幅衝擊臺灣農業，屆時梨山地區的土地勢必面臨一場動盪，不論買賣或承租都將輕而易舉，我若能提前幾年在此奠下基礎，到時政府回收造林的政策順利落實最好，否則要以個人的力量將大片山地還給森林似乎也不是不可能。我即思即行，沒有太多掙扎。通常對別人而言，需要冗長爭議的事，對我而言，只想做了再說。至於莽撞行事之後的功過，由於只是一己的嘗試，影響不致太大，不須太過在意。況且這片土地的開發已是既成的現狀，而政府無力收復失土也是眼前的事實，我的介入想不至於將問題弄得更糟。

　　一向覺得，一生中要有一段日子，流汗低頭向土地索食，生命的過程才算完整。只是一直捨不下紅塵中諸多誘人的事物，捨不下自謂的才華，捨不得不去經歷多采多姿的世界。也許是年歲漸長，也許是那些盡情行腳、放懷天地的歲月，撫蕩我目迷五色[5]的欲求，雲遊的經歷內化沉潛，焠煉出沉靜自省的能力，我開始看清以往看不清楚的矛盾，聽出內心紛雜交錯中最重要的聲音，我甘心流汗低頭的時刻到了。這時恰也結合了我對高海拔山區土地開發的關懷，再不放手一搏更待何時？

4　如火如荼：原是比喻軍容壯盛浩大，後亦形容氣勢或氣氛的蓬勃、熱烈。荼，音ㄊㄨˊ。

5　目迷五色：色彩紛呈，使人看不清楚。語出《老子‧第十二章》：「五色令人目盲，五音令人耳聾。」

　　我何嘗不知道一己力量的薄弱，所能改變的現狀有限；然而，這不是使命，是藉著理念的實踐，平衡內在精神的動盪。既然選擇一條政治以外的路，要的就不是革命，而是安頓自己因焦慮無力而憤懣不平的心。山河大地自有它深奧的法則和不可思議的力量，來平復或反擊人們加諸它身上的創傷。大自然何嘗需要人去成就它什麼？只怕是人需要一種信念而已——我就為了自己而來。

　　幾年來的腳踏實地，這段日子已是我生命中最豐實的一頁，而他日懷著不同信念的人來到這塊土地上，這塊土地想必也將毫無偏私地去成就他（她）的信念，回報他（她）的力，那不也很好？

　　耕耘、耕耘！三年多的埋頭躬耕，不自覺也將一片心土愈耕愈深。有一天驚喜地發現，那裡也有了果實，想或許也值得將之收穫，與人分享，我開始提筆寫下一路過來的點點滴滴……。

◎ 延伸閱讀

1. 阿寶，《女農討山誌：一個女子與土地的深情記事》，張老師文化，2004。
2. 梭羅著，孔繁雲譯，《湖濱散記》，志文出版社，1999。
3. 紀錄片《看見臺灣》，導演：齊柏林，豐華唱片，2013。

◎ 活動與討論

1. 你是否有過「父母期望值外」的夢想與計畫，實現了嗎？請與同學分享你築夢、圓夢的過程與心情。或者分享遲遲未能圓夢的原因。
2. 請在課堂上分享當你遭遇挫折、心情擺盪、情緒波動不安時，安頓心境的方法。
3. 你是否喜歡與大自然獨處、對話？請描述「與大自然合而為一」的經驗。

（林麗美編撰）

游牧於科學與文化之間
《一條畫不清的界限‧科、文、游牧》（節錄）

◎ 單元介紹

　　本文出自《一條畫不清的界限》一書，作者李國偉先生雖是數學家，但由於嚮往成為知識世界裡的無國籍者，而走上了科文游牧的歷程。數學的本質是邏輯推演與思考，也是一切科學研究的基礎，數學對許多人來說，是非常冰冷生硬的符號組合；然而閱讀這本書，我們卻可以看見李國偉生趣盎然的結合了數學、研究、生活與思考，十分關注社會脈動。

　　全書分成四大部分：〈科學時論〉針對涉及科學觀念與態度的時事，以不吐不快之心情，披露於報章雜誌的讜論；〈科普導讀〉談國外科普書中譯的趨勢風潮、介紹優質的中譯本和歐美科普文化的重要網站；〈數學反思〉是關於數學與其他學科及社會互動的檢討；〈科學文化〉是把科學放在文化脈絡裡，考察其各層次與面向的紀錄。此處所選〈科、文、游牧〉出自〈科學時論〉第一章，也是全書第一章，本文從記憶網絡中，挖掘自童年時期開始即志在四方，有探索知識的熱情，由編說故事、博物學家、工程學家、文學家，終至走向數學道路的心路歷程。研究數學須經歷艱苦的心智跋涉，但在長夜的摸索中，發現真理時，卻如荒漠裡出現甘泉。數學不僅是解開宇宙奧秘的鑰匙，李國偉更提醒我們，數學與其他領域的關聯。

◎ 作者

　　李國偉，1948 年出生於南京，1949 年隨父母遷居臺北市。1971 年留學美國杜克（Duke）大學數學研究所，1976 年取得博士學位後返臺，任職於中央研究院數學研究所，亦曾在淡江大學、交通大學、中央大學等學校擔任教職。自 2011 年 4 月至 2014 年 3 月擔任國科會（現已改制為科技部）科學教育處數學教育學門召集人。其研究興趣主要在組合數學（亦稱為離散數學），旁及數學哲學、數學史，以及科學文化，多年來致力於推動科學普及工作，科普類著作與譯作皆可觀，《一條畫不清的界線 —— 李國偉的科文游牧集》，《宇宙的詩篇》，《科學迎戰文化敵手》三書於 2005 年獲中華民國物理學會推薦列入 100 本優良中文物理科普書籍。

◎ 選文

科、文、游牧
李國偉

　　「游牧」[1]只是一種心境罷了！坐在南港我的研究室電腦前，抬頭是占滿整個牆面的玻璃窗，而窗外一排高樹的三兩禿枝頭，不時落下幾隻睥睨[2]周遭的鳥雀。我叫不出牠們的名

1　游牧：原指無一定住所，將牛、馬、羊等一邊移動，一邊飼養的粗放式畜牧，稱為「游牧」。在本文的脈絡中是指作者游走於科學與文學之間的自在心境。

2　睥睨：音ㄅㄧˋ、ㄋㄧˋ，斜著眼睛看人，表示傲然輕視或不服氣的意思。

字，但是往往在長時間的心智耕耘中，希望牠們像忠實的朋友，總在那裡觀顧著我。當牠們再次振翅而去時，我的思緒也就跟著飄遊遠颺，游牧在一個精神的宇宙無垠[3]裡。

也算是很久以前了，我是那麼寂寞的一個小小孩，在一堆大人聊天的客廳一角，我把竹板凳搭起來，再用一整片粗布攏頭罩下，藏身裡面，假裝是照相館的師傅在替他們拍照。那些渡海而來的壯年新移民，在童稚的眼中，都好似閒話天寶的白髮宮女[4]。我就那麼樣縮在不顯眼的邊緣地帶，靜悄悄地擷取一段又一段的故事，也許並不全都動聽，但是絕對不缺乏活生生的人物，有淚血與汗跡，有一種與我周邊生活情境疏離的異鄉色澤。文學或者文化，也許就是在一種敘說的綿延中滋長，而我往「文」的傾斜，大概也就萌芽於那些聽故事的消暑夜晚了。

很快，我就發現說故事可以是一項非常有效的護身符。家居巷子裡，各家小孩嬉耍打鬧中，我既沒有兄弟可仗勢，也沒有俐落的拳腳可鬥狠，但是只要跟他們說我來講一個故事，大家就乖乖地蹲下來，以一種好奇靈動的眼神盼望著。我把從大人嚼牙中撿來的殘餘，加上自己胡謅亂編的串場，反正小孩是不會在意什麼叫邏輯，其實充滿了跳躍與幻想的夢境，更帶來了幼年心靈的興奮與滿足。

---

3 無垠：遼遠而無邊際。
4 閒話天寶的白髮宮女：天寶是唐玄宗的年號，天寶十四年，安史之亂起，大唐帝國從此由盛轉衰；而宮女自幼入宮，經歷唐朝由盛世風光轉眼煙消雲散的過程，至此已年老，頭髮都白了，只能閒坐遙憶當年之事。這句話比喻時光匆匆，青春不再的無限惆悵。

在那種缺乏物質刺激的年代裡，我們就是這麼樣在想像的空間中長大的。

但是我的腦細胞裡好像有另外一種通路，從想像的宇宙掉回日昇月落的實際世界，我對於自然的變化、器物的機巧，都有難以壓抑的好奇心。我們寄居於日本人留下的文官宿舍，從三家分住到後來只剩下我們一家。在戰亂中成長與老去的一代，還來不及培養出欣賞與照顧日本人精緻庭園的習慣與心情。於是在怒放的杜鵑花叢裡，在橫生亂長的芭樂樹、榕樹下，在荒蕪園徑的雜草堆內，在雅砌的假山石縫間，我不出去跟其他小朋友廝混的下午，便成為我探索博物的伊甸園。

我有一次聽說酒暴露在空氣中會發酵成醋，於是偷偷從廚房裡把米酒倒在一個小瓶中，放在院子裡僻靜的角落。過了好幾天後，我帶著興奮的心情躡手躡腳摸去品嚐自製的美醋滋味，在一股刺鼻的酸氣裡，我赫然發現一隻斗大的蒼蠅早已醉斃瓊漿[5]之中。還有一次是小學四年級時，父母送我一份生日禮物，是一些各種形狀的打孔金屬片以及一些小滑輪、螺釘與螺帽，可以用來組合各式各樣想像的玩具。我著實在拼拼湊湊中消磨了不少時間，那套玩具也成為我的最愛。但是當學校要做成績展示時，我興沖沖貢獻出組裝的金屬模型想替班上增光，但是抱回家的卻是被學童動手動腳後的殘肢斷臂。

5　瓊漿：美酒。

　　我做為一個博物學家或者工程師的幼稚憧憬，就經常在出人意表的後果中，這麼樣地經歷了一次次的幻滅。

　　聯考上了最後一屆省辦的建國初中，首度進入一個同儕良性競爭的成長與學習環境。時至今日，我已步入壯年，也經歷不少人與事，再回頭看從前，那個年代裡那個校園的少年，真的是非常優秀有潛力。因為同學間彼此刺激的學習情緒非常高昂，使我在最貪婪吸取新知的階段，甚至掌握了六個圖書館的借書證。任何被我好奇心掃到的題材，我都囫圇吞棗嚼下涉及的篇章。

　　而文學是少年浪漫情懷中絕不能短缺的精神營養。《紅樓夢》掃了兩遍，《約翰・克里斯朵夫》[6]嚼完了，《藍與黑》[7]、《星星、月亮與太陽》[8]也過癮了，甚至抱起李白詩全集似懂非懂地誦詠陶醉，然後又結合一批同年級文藝少年舞文弄墨起來。我們最先開始習作古典詩詞，在平仄韻腳中打轉。但是用不了多久，我的文學家夢想也嘎然[9]破滅。我們中間有一位自號「柳青陽」的美少年，「如夢令」、「菩薩

6　《約翰・克里斯朵夫》：長篇小說，作者羅曼・羅蘭。共十卷，1904 年至 1912 年出版，從構思到出齊耗時二十多年。1915 年作者因這部小說獲得諾貝爾文學獎。

7　《藍與黑》：長篇小說，作者王藍。全書長達四十二萬言，採第一人稱敘述，時間起自 1937 年對日抗戰爆發，到 1950 年國民政府遷臺為止，空間則橫跨天津、北平、重慶、上海到臺灣。作者以孤兒張醒亞、孤女唐琪、千金大小姐鄭美莊之間的烽火戀情，見證大時代。

8　《星星、月亮與太陽》：長篇小說，作者徐速。這部作品的主旨歌詠純真的愛情，真實記錄了抗日戰爭時期亂世兒女的情愛。

9　嘎然：形容短促而響亮的聲音。嘎，音ㄍㄚ。

蠻」寫得婉約淳厚，以我當時的眼光看來，簡直就是兩宋遺音重唱。我心裡想既然有了春風中的楊柳輕揚，又何需我們這些枯木頑石攪局呢？

文學家是做不成了，但是嚮往的那種文辭波瀾，自此之後，往往按耐不住要從我的筆尖下試著盪開。

每個人一生裡終究會有那麼一些經驗，過程也許很短暫，但是卻影響了自此之後的你。當我從文學的虛幻世界重新降落回來後，正巧發現另外一個理念的抽象世界，同樣讓人迷惑而備受吸引。我從學習平面幾何課程裡，接觸到一種絕對的、精確不移的真理，而處理這種知識的方法，雖然也需要豐富的想像力，但是嚴密的邏輯推理卻是表達幾何結果的特色。我居然開始從迎戰數學難題中，得到一些獲取成就感的樂趣。而好友之間每天一見面，會互相炫耀最新學習到的解題技巧。

有一位莫逆之交的兄長，剛好是一位數學資優生，朋友從哥哥處借來的絕招，都成了我們艷羨的寶貝。初三有一天中午，我們草草划完便當，利用休息時間走去重慶南路逛書店，當我們正漫步經過總統府的廣場時，我的朋友說：「我哥哥告訴我，幾何除了是我們上課學的那種外，還有別的東西。」

「還會有什麼呢？」我好奇的問。

「你拿一張長紙條，把一頭轉一百八十度，再用糨糊粘到另一端，我問你這樣做成的紙圈如果沿著中腰線剪一圈，會變成幾個紙圈？」

「當然是兩個了，這還要問！」

「不對，還是一個。不相信你自己回家做做看，而且紙圈還變成只有一個面。」

當天晚上我一次又一次做出各種寬窄長短的紙條，轉一圈或者轉幾圈，沿著中腰或者其他的位置一剪再剪，我興奮地發現了不少我始料未及的結果。這種空間的「小魔術」，猛然提升了我對數學的看法，原來在構成宇宙的物質原理之外，還有另一類深刻的規律性。在那次經驗之後，做一個數學家的願望，開始在我的腦海裡佔據了一個特別顯著的位置。

當我真正走上成為一個數學家的道路時，才逐漸發現這是多麼廣袤的一片天地。人類在這門學問上已經開發了兩千多年，雖然任何你隨便想到的題材，好像以前都有人研究過，但是一部綿延長遠的數學史上，經常有洞視過人的天才出世，把抽象思維所能觸及的世界，翻新到前人難以想像的層次。數學披露出來在模式上組織宇宙的規律性，更像是一顆無窮巨大的洋蔥，剝開一層又有一層，似乎永遠也沒有窮盡的跡象。

然而數學顯然是門極端困難的學問，要想在草木豐茂的園地休憩，就必須先挺得住艱辛萬苦的心智跋涉。而我，一個貪婪求知小子，就這麼不小心地、不知不覺地，從一片綠洲奔向另一片綠洲。在兩次停腳之間，常常於荒漠裡摸索新生的途徑，深刻咀嚼了信心與毅力的煎熬。只有在夜闌人靜裡頓然發現一個新的真理時，那種舉世人群唯我獨知的興奮、

滿足與激發感，才使得全身傷痕得以撫慰，體內灌入了一股再次向前勇猛邁進的精力活泉。

十九世紀曾經有數學家宣稱，除了自然數是上帝創造的以外，其他的數學都是人類的創作。二十世紀中期，也有相當多的學者鼓吹數學是心智完全自由的產物。但是我慢慢地從自己學習經驗中反省，愈來愈體會到，真正有生命力，能增長認識宇宙智慧的數學知識，一定要貼近實存的世界發展，要能解決具體的問題。其他類似心智遊戲的數學體系或理論，雖然像特技表演一樣，可以炫耀頭腦能力的極致，但是也會像射向高空的煙火，在一陣耀眼的光亮與震耳的聲響後，又落入永夜的黑暗與寂靜。

把數學當作是解開客觀宇宙奧秘的鑰匙，而希望能靈活運用這項充滿威力的工具，就不能與其他科目的科學疏離。因此在從事二十多年的數學研究工作中，我一直保持對一般科學領域的關注。年輕時閱讀的頌揚科學成就的書籍，常常留給人一種深刻的印象，科學知識是客觀的知識，而科學史是伽利略、牛頓、高斯、拉瓦錫、達爾文、愛因斯坦……一連串天才人物的英雄史詩。但是隨著自己閱歷的增長，也適逢西方學界對科學整體的認識，從浪漫式的歌頌逐漸演化入批判的局面，在不斷反思與學習中，我慢慢拉開關照科學劇場的鏡頭，能用更具包容性、更注意價值檢討、更貼近文化的取景，捕捉與建構自己所能理解的科學世界的全貌。

◎ 延伸閱讀

1. 李國偉，《一條畫不清的界限：李國偉的科文游牧集》，新新聞
   文化事業，1999。
2. 紀錄片《不願面對的真相》（*An Inconvenient Truth*），關注全球暖
   化的現象，導演：戴維斯葛斯蒙，2006。
3. 科普電影：《丈量世界》（*Measuring the world*），改編自德國作
   家丹尼爾凱曼，刷新二次大戰後文學銷售紀錄的暢銷同名小說，
   導演：德勒夫巴克，2012。
4. 劇情電影：《美麗境界》（*A Beautiful Mind*），關於一位患有精神
   分裂症，但卻在博弈論和微分幾何學領域潛心研究，並獲得諾貝
   爾經濟學獎的數學家約翰・納許的傳記電影。電影於 2001 年上
   映。2015 年 5 月 23 日，電影的主人翁納許和妻子因為一場車禍雙
   雙過世。
5. 柳田理科雄，《空想科學讀本：科學也無法解答的超難題》，遠
   流，2015。

◎ 活動與討論

1. 請同學分享討論：目前所讀的科系是否是興趣所在。是或不是，
   請分享你始終堅持的理由或轉換跑道的原因。
2. 分組訪談系上專業科目的老師，請老師分享一路走來的心路歷
   程。

（林麗美編撰）

文學與建築之間
《開門見山色・祝福你，Taipei 101！》

科學五

◎ 單元介紹

　　文學與建築，是兩個完全不同的藝術領域，如何可以對照參看？阮慶岳在他的這本著作《開門見山色》中說：「不管是建築或文學，皆有其各自的表象與風華，有如武術與技法的不同路數，乍看去風馬牛不相干，但是若認真細究去，其實內蘊不露的本質，可能本來就是渾然同一物。」因此，這本書正是從建築與文學的本質內涵，從建築師與文學家的創作意旨，交互對照，思索創作與生命的同質性或對照性。全書共二個部分，第一部分「文學家 V.S. 建築家」，談契可夫、蒙田、王爾德、赫拉巴爾、波特萊爾、惠特曼、太宰治等文學家的作品，與王大閎、安藤忠雄、貝聿銘等建築家的建築風格的相異或呼應之處。第二部分「文學作品 V.S. 建築觀念」，從文學作品談建築觀念：從《紅樓夢》大觀園的建築，思考人與自然環境聯結的重要性；從惠特曼《草葉集》談靈魂，從葛林《事物的核心》談信仰，從王安憶《妹頭》談平凡，從普魯斯特《追憶似水年華》談時間，從但丁《神曲》談空間等。

　　本課所選篇章〈祝福你，Taipei 101〉係出自第一部分，內容從一個平凡市民窗外景觀的改變開始，深入淺出的介紹了全球各地興建摩天大樓的發展過程與不同時期的建築風格。接著鏡頭拉近，聚焦於2004 年落成啟用的 Taipei 101 大樓，從外觀意象討論到與周遭環境的

關係；並引用日本建築師蘆原義信對東京城市的觀察，作者阮慶岳表達出對臺北城市特質的觀察：多元共存、彈性有機與渺小靈活，而甫落成啟用的 Taipei 101 則像個自命清高的深宮貴婦，兩者似乎格格不入。但 Taipei 101 畢竟已經建成，作者仍對這座指標性建築抱以期許：讓有血有肉的生活層面進駐，而非只有穿出穿入的上班族群與消費族群。

臺灣位處地震、颱風頻繁的地帶，臺北盆地的地質脆弱，是否真的適合興建一座摩天大樓？Taipei 101 規劃興建之初，曾經引起不小的爭議。更深一層思考，為何臺灣需要 Taipei 101？自 2004 年 12 月 31 日到 2010 年 1 月 4 日為止，Taipei 101 獨占鰲頭，占據世界最高的地位，但在不斷追高的遊戲中亦很快退居下風；摩天大樓以強勢之姿矗立天際，到哪兒都無法不看到它，為城市創造許多話題，提供新的美感經驗，十年之後的 Taipei 101，是否已成為臺北城市的閃亮記憶呢？

◎ 作者

阮慶岳，1957 年生，淡江大學建築系畢業，美國賓州大學建築碩士，曾任職建築公司、建築師事務所多年，現職為元智大學藝術與設計系教授。同時創作小說、建築評論與策劃建築展覽，是知名的臺灣小說家。文學著作包括《林秀子一家》、《凱旋高歌》、《蒼人奔鹿》、《重見白橋》、《秀雲》、《開門見山色》等，其中《蒼人奔鹿》一書乃是臺灣同志文學中極有份量之重要作品；建築著作包括《煙花不堪剪》、《屋頂上的石斛蘭》、《弱建築》、《城市的甦醒》等近三十本。

◎ 選文

祝福你，Taipei 101！

阮慶岳

一個設計師朋友租了老公寓的四樓，因為面對翠綠公園，就把浴室移到面朝陽臺的客廳旁，並安排了大扇落地窗，不管裸身洗浴或出恭[1]，都有光潔陽光可照入，眺看出窗外是大約等高齊頂的漂亮老梧桐，除了花與鳥外，其他的私密性完全不用擔憂。

朋友自己喜歡也得意，常愛展示給訪客，屢屢贏得友人的欽羨。

後來，卻忽然不提此事，甚至問起也不說；私下細追問，才知道原來 Taipei 101[2]，已經在遠處悄悄的立出樹梢，直接窺視入這本舒服也私密的空間來，朋友自此就顯得懊惱也生氣。

「那麼遠，看不見的，而且……未必對你有興趣啊！」

「看不看得到是另外的事，本來綠滿窗外的景象，忽然被

1　出恭：排泄糞便。明代考試設有出恭入敬牌，士子如廁通便，須先領牌，故稱通便為「出恭」。且稱大便為「大恭」，小便為「小恭」。

2　Taipei 101：臺北著名的商辦大樓，是一棟高度 508 公尺，地上 101 層，地下 5 層的超高建築物，2004 年 12 月 31 日開幕啟用，本建築宣稱是「將臺北帶向全世界」（Bringing Taipei to the world）的希望工程，大樓內的營業型態多元，有辦公大樓、觀景臺、購物中心、藝術中心等。官網上的描述如下：「一座傑出的地標建築，足以改變這個城市。如同帝國大廈之於紐約、艾菲爾鐵塔之於巴黎、更如晚近的金茂大廈之於上海。」

一個奇怪巨大的怪物霸住了，整個人連上廁所都不舒服了呢！」

「有這麼嚴重嗎？」

「當然……」

我沒上過他的廁所，不知道壓力會有多大。但是臺北突然飆[3]出這樣一座「世界第一」的高樓，大概讓很多人的窗外景象都改變了吧！這改變也許對大半的人，沒有像對我朋友那麼的震撼與負面，而且大約也都因其「為國爭光」而不去計較了。

但是，到底這大樓為國爭了多少光呢？

世界第一高樓的稱號，大概是二十世紀才開始，而且很可能是從當時遭大火焚城、財力雄厚又亟[4]想大展身手的芝加哥起始的，那時第一批出現的高層大樓，並沒有像後來的大樓一樣的招搖揚名，只是老老實實的反應出工業革命後，都市人口飽和的高密度解決方法來。

真正引世人目光一亮的第一高樓，是蓋在兩次大戰間的紐

---

3 飆：如暴風一樣的行動。音ㄅㄧㄠ。
4 亟：緊急、急切。音ㄐㄧˊ。

約帝國大廈[5]，這棟和克萊斯勒大廈[6]、同樣以 Art Deco[7] 風格問世的大樓，不僅贏得世人讚美的目光，也成了紐約人長久驕傲的本錢與炫耀的後臺，看伍迪艾倫的電影多少次有意無意以鏡頭掃過這兩座大樓，就知道其與紐約的不可分關係了。

　　紐約帝國大廈和克萊斯勒大廈這兩個霸王兼妖姬，占住這第一位置的時間既長又久而且實至名歸，一直要到七○年代前後才有新一批、來勢洶洶幾乎都有兩倍高度的新霸主們來挑戰，其中當然包括在九一一事件裡香消玉殞[8] 的紐約雙子大樓，以及後來正式登基世界第一王座的芝加哥西爾斯大樓[9]

---

5 紐約帝國大廈：是位於美國紐約市曼哈頓第五大道的一棟著名摩天大樓，為裝飾藝術風格建築，1930 年動工，1931 年落成，建造過程僅 410 日，締造世界上罕見的建造速度紀錄。帝國大廈被美國土木工程師學會（ASCE）評價為現代世界七大工程奇蹟之一，紐約地標委員會選其為紐約市地標，1986 年該建築被認定為美國國家歷史地標。

6 克萊斯勒大廈：是位於美國紐約市曼哈頓的一棟著名摩天大樓，1930 年完工啟用。在帝國大廈完工前曾保持了十一個月全世界最高建築的紀錄。被認為是裝飾藝術建築的一個經典範例，許多當代建築師也將之選為紐約市最佳建築之一。

7 Art Deco：裝飾藝術一詞起源於 1920 年代的歐洲，1960 年代才被廣泛使用。此一風格不僅反映在建築設計上，同時也影響了當時美術與應用藝術的設計格調，如家具、雕刻、衣服、珠寶與圖案設計等。風格特點往往是色彩豐富，大膽的幾何形狀和紋飾奢華。

8 香消玉殞：原用以比喻女子死亡，在這裡是指紐約雙子大樓在 2001 年 9 月 11 日的恐怖攻擊事件中遭飛機撞毀倒塌。殞，音 ㄩㄣˇ。

9 芝加哥西爾斯大樓：是位於美國伊利諾州芝加哥的一棟摩天大樓，地上 110 層，1973 年落成，標示了美國摩天大樓發展的高潮，也保持了全球最高建築物的紀錄長達二十幾年，有快速專用電梯直達，只需 55 秒鐘，供遊客鳥瞰整個芝加哥市，如遇陰天，有如置身雲霧之間。

（Sears Tower）、與像是左右護法的漢考克大廈[10]（John Hancock Building）。

這批新大樓在建築技術上，的確整個翻新了帝國大廈的成果紀錄，讓人類除了望樓驚嘆之外，甚至會有自覺渺小的自卑感出現來。也就是說原本的高層大樓，自帝國大廈和克萊斯勒大廈所傳承下來，與人之間微妙的友善親密關係，忽然在極度強調科技優勢的這批新大樓裡喪失殆盡，人與超高大樓好像突然形同陌路了（而且這批大樓不但自身缺乏人性，也真的實在長得其貌太不揚了，譬如雙子大樓在紐約本來人氣口碑就不佳，若當初九一一事件身故的是帝國大廈，對美國人的感情創傷必然會更大）。

這之後過了將近三十年，才又引發新一批以東亞為中心的高樓狂熱，吉隆坡的雙子星拔得頭籌，Taipei 101 立刻接棒而上，隨後等著上場的還一籮筐，上海、漢城、東京、印度等等，幾年內大概上場下場的，還會忙得不亦樂乎。但東亞這批新大樓，雖然在高度上略有超前，其實在高層大樓的建造技術上，並沒有什麼革命性的大突破，因此並沒有太大的專業震撼意義，因為這樣的技術層次，三十年前的美國就可以達成了。

東亞國家所以會狂熱於這樣高樓的興建，當然與近年政經實力的大步增長有直接關係，想要藉此對世界宣告自己脫離落後國家的意圖必定是有的，大概也同時想在現今這場全球

---

10 漢考克大廈：是位於美國芝加哥的一棟摩天大樓，1969 年落成，地上 100 層，在大樓的 94 樓設有觀景臺，95 樓設有餐廳，能飽覽芝加哥和密西根湖的景色。

化的成人遊戲裡，占得一席不缺席的戰略位置吧！

　　這批新高樓在技術上所展現的空間並不大，因此反而在美學形式上，都有比較耀眼用心的成績，七〇年代那種粗魯、霸氣又顢頇[11]的「鐘樓怪人」模樣，已經都被當代跨國建築公司小心、細緻化的處理了，因此視覺上普遍都有長足進步。

　　相對於大半高樓仍由美國公司幕後操刀的做法，Taipei 101 由本土的李祖原建築師[12]掌舵，就顯得有些特別。而且李建築師顯然也極想把東方（中國）的視覺意象導入其中，例如節節升起如寶塔的意象，以及整體與竹子形象的聯想，都是在西方建築技術主導下的現代建築大環境裡，仍堅持的為 Taipei 101 勉強披上的一件改良式旗袍，是非功過或還有可爭議處，但這用心畢竟已經夠良苦了。

　　但是 Taipei 101 最大的問題，其實還是在於與環境的關係上，它某種程度與臺北大環境格格不入的尷尬，其實也就是周遭信義計畫區，同樣具有的問題。信義計畫區是引用美國六、七〇年代，所盛行都市計畫觀念開發而成的新都心，這樣觀念下的都市，有嚴謹分類的使用分區規則，與嚴密控制的都市發展觀念，也就是與臺北（以及大半亞洲都市）現有都市：複合、有機共生、非規範的發展模式完全相反。

　　也就是說，臺北本來一直以一種自由的有機個性在發展，而信義計畫區卻意圖導入一種人為高度控制的都市計畫方

---

11 顢頇：臉大的樣子。音ㄇㄢˊ ㄏㄢ。
12 李祖原建築師：臺灣建築師，致力於研究繼承具中華傳統特色的新建築，發展「圓氣」建築理論，臺灣第一與第二高樓臺北 101、高雄 85 大樓即由其設計。

法，這兩者的本質差異非常大，有點像老子的「無為而治」，與法家或儒家的方法論的對比。本來二者的優勝劣敗，是不用說也知道的（當然是美國模式勝臺北模式），但近世代以西方模式發展的都市，卻逐漸出現一些僵化與缺乏自身調整能力的問題，而亞洲城市看雖雜亂，卻在適應時代改變上，展現出驚人的彈性與能力。

　　某種對二者價值的反省與思考，因此逐漸出現來。

　　年約九旬的日本建築師蘆原義信[13]，在一九八九年以英文出版的《穩藏的秩序》[14]一書，就是最早對西方現代都市以高度規範控制為尚價值觀，提出觀察與質疑的書之一。他以東京為例，不但質疑西方都市規劃的價值性，更正面肯定長期受到貶抑亞洲都市的既有價值，他在書中說：

　　「東京在功能上成功的成為了一座有效率、勤勞、有秩序的都市，這是在世界上其他地方難以發現的，在東京的這種混合的現代感當中，我們可以感覺到屬於日本人特有的民族特質，這種特質是一種屬於生存競爭的能力、適應的能力，以及某種曖昧弔詭的特質，渺小與巨大的共存、隱藏與外露的共生等等，這些是在西方秩序中找不到的東西。」

　　蘆原雖然是以東京為例，來與西方都市做比較，但我們也

---

13 蘆原義信（1918-2003）：日本當代知名建築師，1956 年成立建築事務所，其設計代表作包括東京駒澤體育館、銀座 SONY 大廈、東京國立歷史民俗博物館、東京藝術大劇院等。

14 穩藏的秩序：此書以東京為例，指出了日本建築傳統的主流，展示出在沒有人規劃的情況下，日本建築是如何表現日本人生活的生命力。不受磚瓦、線條、輪廓的限制，呈現永存且多變的建築機會。

可以在其中，讀到臺北隱約類同的身影。信義計畫區的整體觀念，還是沿用已被質疑的舊都市計畫概念，對西方城市已開始調整的複合、有機與共生觀念，完全無知無覺，也對蘆原提及，自身城市既有的特質（生存競爭的能力、適應的能力，渺小與巨大的共存、隱藏與外露的共生）不聞不問，好像一心一意就是要重蹈美國七〇年代城市發展的覆轍似的。

　　Taipei 101 作為信義計畫區的指標建築，當然也脫不了這同樣意識形態的影響，某種以規範為尚、以巨大為佳、以單一為勝的觀念，牢牢的據占著這個臺北新都心與 Taipei 101 大樓，並與周遭其他臺北城市的多元共存、彈性有機與渺小靈活特質脫離，像個自命清高的深宮貴婦，不食人間煙火的離世獨居。

　　但是，Taipei 101（以及信義計畫區）既然已經誕生出來了，也許就少些批判、多些祝福吧！只是它目前一面倒模仿西方城市的模式，若能同時與臺北城市既存的特質優勢相交混，當仍是很有可為的。畢竟它也是長在我們自家的院子裡，接受它存在的事實也許是必要的第一步，而鼓勵與期待它能開始可以和周遭真實的臺北做對話，讓有血有肉的生活層面進駐來，而非僅只是假象般的以上班族與消費族穿出入來架構。

　　一個真正具生命力的城市，必須要真正與自己的市民生活合為一體的。

　　Taipei 101 開幕後，我還沒問過那個朋友最近沐浴與出恭狀態如何，但是我想他早晚一定會像大家一樣習慣也接受他

窗外的新景象，甚至週末也照樣會擠入 Taipei 101 裡消費不亦樂乎。臺北新添這個 101 大樓，其實並沒有什麼嚴重的，城市終究還是會在時光的歷程裡，找到自己最正確的走向的。

　　我希望，那時 Taipei 101 會不後悔自己此刻的選擇。

　　祝福你，Taipei 101 ！

◎ 延伸閱讀

1. 阮慶岳，《開門見山色：文學與建築相問》，麥田文學，2013。
2. 〈元智電子報：人物特寫——跨界達人打造跨界人才，專訪藝創系阮慶岳主任〉：http://web2.yzu.edu.tw/e_news/550/4_famous.html
3. 〈欣建築：人物專訪——淺談策展心得〉：http://solomo.xinmedia.com/archi/18742-interview
4. 《TA 臺灣建築》雜誌，Vol.099，臺北 101 專輯，2003 年 12 月號。

◎ 活動與討論

1. 校園中哪一棟建築最美？與人的關係最親和？是與組員挑燈夜戰完成期末報告的宿舍？還是與他（她）初次相遇的長廊？建築與每個人的大學生活都是密不可分，甚至成為記憶中最深刻的密碼，請用影片記錄專屬你與建築的故事，與大家一同分享吧！微電影拍攝手法不限、劇情內容不限、影片長度 2 分鐘以上，4 分鐘以內，含 500 字以內之劇情大綱。

2. 請討論城市為何需要超高層大樓？超高層大樓對城市生活會產生哪些影響？

（林麗美編撰）

PART 4 美學素養

導　論

　　美感（審美感受）是衡量國家文化水準的基本指標；國民的「美感素養」標示一個國家的競爭力與產業創意的程度。美感對象不僅針對藝術與文學，也針對生活世界中的種種事物，它泛指對於事物（非道德性）的統整性價值的體會。美感應自幼即培養，在大學教育中，則再輔以美學素養，增加「體認」的層次，以豐富美感之領受力。

　　依教育部公民素養核心能力之定義，美學素養包含：藝術與美感養成、美感體驗與品味生活、欣賞和美感表達三個面向。在藝術與美感養成面向，計有 1. 能認識藝術的內涵和理念；2. 能了解在地藝術特色；3. 能理解人類重要藝術文明；4. 具備藝文的欣賞能力；5. 具備美感的敏銳性等項目。在美感體驗與品味生活面向，計有 1. 能將藝術融入在日常生活中；2. 養成參與藝文活動的生活習慣；3. 能理解生活中的藝術與美感（例如公共藝術）；4. 能感受生活中的藝術與美感；5. 能解讀各種形式的藝術成果；6. 能體驗各種形式的藝術特色；7. 能對周遭環境的美感加以詮釋或批判等項目。在欣賞和美感表達面向，計有 1. 能對基本的藝術作品說出內涵；2. 能使用基本的藝術技能表現自己的理念；3. 能將藝術涵養運用在專業知識上；4. 能創造及發揚本土藝術的特色；5. 能聆賞不同創意表現方式的能力；6. 評賞不同美感表現的能力；7. 能運用創意作品和他人溝通的能力；8. 能運用自己藝術的涵養，傳播給社會大眾等項目。

　　本書美學單元之編撰，呼應教育部之政策，分別編選〈養生主〉、〈洛神賦〉、〈許允婦〉、〈紅樓夢詞曲選讀〉、〈愛生哲學芻議〉、〈希臘神話〉等作品，雖未能照應所有項目，然而，同學含英咀華之際，於美學素養三個面向之涵養，必能有所增益。

自由心靈的美
〈養生主〉

◎ 單元介紹

　　本篇選自《莊子》，是《莊子》內七篇中的第三篇。從《莊子》內七篇來看，莊子認為如果能做到「齊物」，那麼便能達到「逍遙」的境界。「逍遙」是莊子哲學的一個重要概念，是個體精神解放的境界，即無矛盾地生存於世界之中，是心靈不被外物所拖累的自由自在，無拘無束的狀態，這種狀態，也被稱為「無待」。人們若能拋棄功名利祿的追求慾望，就能達到一種心與「道」合一的境界，並顯現一種心靈不被外物束縛之自由自在的美感。

　　「養生」的觀念在〈養生主〉文中，化為許多的具體操作的智慧，如「全生保身」的生活哲學、庖丁解牛的「養生」哲學、「委於自然」的生命觀、「安時處順」的生活哲學等。而這些觀念的建立是直接把人類生命存在的意義，放在非道德性的自然義的整體天地之間來看的，就是在一個「齊物的胸懷」中看待自己，在一個「真人的知能」中處理自己，在一個「逍遙的意境」中走出自己。

　　美感的培養除了從對外物能有鑑賞力之外，最終希望能培養生活的美感、生命和心靈的內在美感。

◎ 作者

　　莊子（約 B.C.369-B.C.286），名周，生卒年失考，約與孟子同時。戰國時代宋國蒙（河南商丘或安徽蒙城）人，曾任漆園吏。著名思想家、哲學家、文學家，是道家學派的代表人物，老子思想的繼承和發展者。後世將他與老子並稱為「老莊」。他也被稱為蒙吏、蒙莊和蒙叟。據傳，又嘗隱居南華山，故唐玄宗天寶初，詔封莊周為南華真人，稱《莊子》為《南華真經》。

　　莊子的想像力極為豐富，語言運用自如，靈活多變，能把一些微妙難言的哲理說得引人入勝。他的作品被人稱之為「文學的哲學，哲學的文學」。莊子一生著書十餘萬言，不但是中國哲學史上一位著名的思想家，同時也是中國文學史上一位傑出的文學家。無論在哲學思想方面，還是文學語言方面，他都給予中國歷代的思想家和文學家深刻、巨大的影響，在中國思想史、文學史上都有極重要的地位。

◎ 選文

養生主

莊子

吾生也有涯[1]，而知[2]也無涯。以有涯隨[3]無涯，殆[4]已；已而為知者[5]，殆而已矣。為善無近名[6]，為惡無近刑[7]。緣督以為經[8]，可以保身，可以全生[9]，可以養親[10]，可以盡年[11]。

1　涯：邊際，極限。

2　知：知識，才智。

3　隨：追隨，追求。

4　殆：危險，這裡指疲困不堪，神傷體乏。

5　已而為知者：這麼做還認為自己是個有知識、智慧的人。

6　為善無近名：不要想以做善事來追求名聲。近，接近，這裡含有追求、貪圖的意思。

7　為惡無近刑：不要存心做壞事來遭受刑罰。

8　緣督以為經：順著自然當做是常道。緣，順著，遵循。督，中，正道。中醫有奇經八脈之說，所謂督脈即身背之中脈，具有總督諸陽經之作用；緣督，就是順從自然之中道的含意。經，常。

9　全生：保全天性。生，同性。

10　養親：奉養雙親。從字面上講，上下文意不能銜接，舊說稱不為父母留下憂患，亦覺牽強。

11　盡年：終享天年，不使夭折。

庖丁[12]為文惠君[13]解牛[14]，手之所觸[15]，肩之所倚[16]，足之所履[17]，膝之所踦[18]，砉然嚮然[19]，奏刀騞然[20]，莫不中音[21]。合於桑林之舞[22]，乃中經首之會[23]。

文惠君曰：「譆[24]，善哉！技蓋[25]至此乎？」

庖丁釋[26]刀對曰：「臣之所好者道[27]也，進[28]乎技矣。始臣之解牛之時，所見無非全牛者。三年之後，未嘗見全牛也。

---

12 庖丁：即廚師。庖，廚房。一說庖指廚師，丁是他的名字。

13 文惠君：人名，不知何人。舊說指梁惠王。

14 解牛：宰殺牛。解，剖開、分解。

15 觸：接觸。

16 倚：靠。

17 履：踏、踩。

18 踦：音ㄧˇ，用膝抵住。

19 砉然嚮然：皮骨分離時發出的聲音。砉，音ㄏㄨㄛˋ，皮肉分離的聲音。嚮然，多種聲音相互回應的樣子。嚮，同響。

20 奏刀騞然：以刀快速割牛所發出的聲音。奏，進。騞，音ㄏㄨㄛˋ，皮骨分離的聲音，聲音大於砉聲。

21 中音：意思是合乎音樂的節奏。中，音ㄓㄨㄥˋ。

22 桑林之舞：意思是用桑林樂曲伴奏的舞蹈。桑林，傳說中的殷商時代的樂曲名。

23 經首之會：合於經首樂章的節奏。經首，傳說中帝堯時代的樂曲名。會，樂律，節奏。

24 譆：同「嘻」，讚嘆聲。

25 蓋：同「盍、曷」，何以的意思。

26 釋：放下。

27 所好者道：喜好事物的規律。好，喜好。道，事物的規律。

28 進：更進了一層，含有超過、勝過的意思。

方今之時，臣以神遇[29]而不以目視，官知止[30]而神欲行[31]。依乎天理[32]，批大郤[33]，導大窾[34]，因其固然[35]。技經肯綮之未嘗[36]，而況大軱[37]乎！良庖歲更刀[38]，割也；族庖[39]月更刀，折[40]也。今臣之刀十九年矣，所解數千牛矣，而刀刃若新發於硎[41]。彼節者有閒[42]，而刀刃者無厚；以無厚入有閒，恢恢[43]乎其於遊刃[44]必有餘地矣，是以十九年而刀刃若新發於硎。雖

---

29 神遇：以心神來接觸領會。神，精神，心思。遇，接觸領會。

30 官知止：眼睛不再看。官，器官，這裡指眼。知，知覺，這裡指視覺。

31 神欲行：心神自運而隨心所欲。

32 天理：自然的紋理，這裡指牛體的自然結構。

33 批大郤：劃開皮肉間的空隙。批，割開。郤，同「隙」，這裡指牛體皮肉間的空隙。

34 導大窾：把刀插入骨節間的空隙。導，引刀而入，插入。窾，音 ㄎㄨㄢˇ，空隙，這裡指骨節間的空隙。

35 因其固然：順著牛的自然構造。因，依，順著。固然，本然，原本的樣子。

36 技經肯綮之未嘗：未曾以刀碰觸經絡結聚和骨肉連接很緊的地方。技，同「枝」，指支脈。經，經脈。技經，指經絡結聚的地方。肯，附在骨上的肉。綮，音 ㄑㄧㄥˋ，骨肉連接很緊的地方。未，不曾。嘗，嘗試。

37 軱：音 ㄍㄨ，大骨。

38 歲：每年。更，更換。

39 族庖：指一般的廚師。族，眾也。

40 折：斷，這裡指用刀砍斷骨頭。

41 新發於硎：剛從磨刀石磨出來。發，出，磨。硎，音 ㄒㄧㄥˊ，磨刀石。

42 閒：同「間」，間隙。

43 恢恢：寬廣。

44 遊刃：運轉的刀刃。

然，每至於族[45]，吾見其難為，怵然為戒[46]，視為止[47]，行為遲。動刀甚微，謋然[48]以解，如土委地[49]。提刀而立，為之四顧，為之躊躇滿志[50]，善刀而藏之[51]。」

文惠君曰：「善哉！吾聞庖丁之言，得養生[52]焉。」

公文軒[53]見右師[54]而驚曰：「是何人也？惡乎介也[55]？天與，其人與[56]？」曰：「天也，非人也。天之生是使獨也，人之貌有與[57]也。以是知其天也，非人也。

澤雉[58]十步一啄，百步一飲，不蘄畜乎樊中[59]。神雖王，不善也[60]。」

---

45 族：指骨節、筋腱聚結交錯的部位。

46 怵然為戒：格外謹慎小心。怵，音ㄔㄨˋ，戒，小心謹慎。

47 視為止：眼神專注。止，停止。

48 謋然：牛體分解的聲音。謋，音ㄏㄨㄛˋ。

49 如土委地：整頭牛像泥土掉落在地上一樣。委，堆積，掉落。

50 躊躇滿志：從容自得，心滿意足。躊躇，音ㄔㄡˊ ㄔㄨˊ。

51 善刀而藏之：把刀擦拭乾淨收藏起來。善，擦拭的意思。

52 養生：養生之道。

53 公文軒：相傳為宋國人，複姓公文，名軒。

54 右師：官名，古人常有借某人之官名稱謂其人的習慣。

55 惡乎介也：為何只有一隻腳。介，獨也，同「兀」，只有一隻腳。

56 天與，其人與：天生的，或是人為的。與，同「歟」，疑問詞。其，抑也，或也。

57 人之貌有與：人的形貌是天所賦與的。與，賦與。

58 澤雉：水澤中的野雞。雉，雉鳥，俗稱野雞。

59 不蘄畜乎樊中：不祈求被畜養在鳥籠裡。蘄，音ㄑㄧˊ，祈求，希望。畜，養。樊，籠。

60 神雖王，不善也：外貌神韻雖然旺盛，但是不快樂。王，音ㄨㄤˋ，旺盛。不善，不快樂。

老聃[61]死，秦失[62]弔之，三號[63]而出。

弟子曰：「非夫子之友邪[64]？」

曰：「然。」

「然則弔焉若此，可乎？」

曰：「然。始也吾以為其人[65]也，而今非也。向[66]吾入而弔焉，有老者哭之，如哭其子；少者哭之，如哭其母。彼其所以會[67]之，必有不蘄言而言，不蘄哭而哭者，是遁天倍情[68]，忘其所受[69]，古者謂之遁天之刑[70]。適來，夫子時也[71]；適去，夫子順也[72]。安時而處順[73]，哀樂不能入也，古者謂是

---

61 老聃：老子，楚人，姓李名耳。聃，音ㄉㄢ。

62 秦失：亦寫作秦佚，老聃的朋友。

63 號：音ㄏㄠˊ，大聲哭，通「嚎」。

64 邪：同「耶」，疑問詞。

65 其人：指與秦失對話的哭泣者。老聃和秦失都把生死看得很輕，在秦失的眼裡老聃的弟子也應都是能夠超脫物外的人，但如此傷心地長久哭泣，顯然哀痛過甚，有失老聃的遺風。

66 向：剛才。

67 彼其：指哭泣者，即前四句中的老者和少者。會，聚，碰在一塊兒。

68 遁天倍情：違反自然，違背人的情感。遁，逃避，違反。倍，通作「背」，背棄的意思。

69 忘其所受：大意是忘掉了受命於天的道理。莊子認為人稟承于自然，方才有生有死，如果好生惡死，這就忘掉了受命於天的道理。

70 遁天之刑：感傷過度，違反自然之道而招來苦痛或懲罰。

71 適來，夫子時也：該要出生的時候，老子應時而生。適，正好。來，來到世上。時，應時。

72 適去，夫子順也：該要死的時候，老子順乎自然死去。去，離開人世。順，順乎自然、天理。

73 安時而處順：能安於時機而順乎自然。

帝之縣解[74]。」

　　指窮於為薪，火傳也，不知其盡也[75]。

---

74 帝之縣解：猶言自然解脫。帝，天，萬物的主宰。縣，同「懸」，束縛，人為生死所苦，即是束縛。在莊子看來，憂樂不能入，死生不能繫，做到安時而處順，就自然地解除了生死的困縛，猶如解脫了倒懸之苦。

75 指窮於為薪，火傳也，不知其盡也：靠手的力量來搬運木柴，總有一天力量竭盡，木柴燒光火就熄滅了，不如讓火自然燃燒，那麼就可以無窮無盡了。意指人的作為（為薪），終有窮盡，只有自然天理（火），無窮無盡。

◎ 延伸閱讀

1. 吳光明，《莊子》，臺北市：東大圖書公司，1988。
2. 《齊物論》、《逍遙遊》。

◎ 活動與討論

1. 請思考你常因哪些事物而情緒起伏？
2. 請提出紓解壓力的方法？

（楊劍豐編撰）

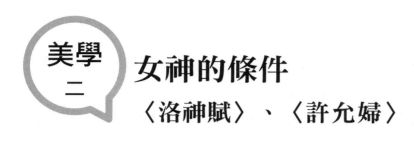

◎ 單元介紹

　　傳統社會判斷女子一生的幸與不幸，往往取決於夫家地位財富的高與低。因此女子若能嫁入高於娘家地位財富的，會被認為是幸福的高嫁；反之若嫁給與娘家地位財富相當或略低的，則不被認為是幸福的出嫁，甚至有低嫁之譏。決定女子婚嫁對象的高低，大多以外貌、品性與家庭出身來衡量。

　　出身世家、品性端正、外貌柔美者，往往是帝王將相、王公貴人的好佳偶。然而若有驚人的美貌，則另外兩項條件又可以忽略不計。亂世中一代佳人往往是強權出兵的最佳藉口，於是女性「外貌之美」一向是歷代文學、繪畫、雕刻創作的重要素材。

　　本單元節錄的〈洛神賦〉，鉅細靡遺的書寫女性之容貌、氣質、衣著飾品，首先由遠觀，她：豔如秋菊、傲立如松，身姿輕巧如飛雁，柔曲若游龍，因此如浮雲蔽月、流風吹雪，難以掌握明視。再接近些，可見她：明亮如朝陽、清麗如芙蓉、身材勻稱、削肩細腰、膚白自然、髮髻如雲、眉彎姣好、唇紅齒白、雙眼明亮、溫柔婉約、嫵媚動人。衣衫奇麗、形貌如畫。佩戴明珠、美玉、金銀翡翠。腳踩遠遊鞋，腰著輕紗裙，散發幽蘭清香。

　　〈洛神賦〉所記載如畫的女神，穿著世間未見的奇麗服裝、配戴名貴珠寶。女神與后妃這些天之嬌女，非一般女性所能企及的。因此

除了婦容之外，所謂的「賢媛」，還有婦德、婦言、婦功，一般女性可以努力而贏得敬重，如本單元所選錄的〈許允婦〉。

「許允婦」是三國時期魏國阮共的女兒、阮侃的妹妹，嫁給許允後稱作許允婦。由古代女性的無名書寫方式，可知女性必須依附在父系之下。許允婦相貌奇醜，當夫婿掀過蓋頭、見到新娘的樣貌後，拒絕再回到新房。此時她展現絕佳的機智，以沉穩的態度面對危機，最終得到夫婿的敬重。魏晉南北朝時期是歷史上巨烈變動的時代，此後許允婦多次洞見癥結，化危機為轉機，協助夫婿、保全孩子化險為夷，為彼時賢媛的代表人物。

◎ 作者

曹植（192-232），字子建，曹操第三子。聰敏有才華，深受曹操寵愛，數次欲立為世子，此時期文學風格昂揚、開朗豪邁。曹丕即位為魏文帝後，多次欲殺曹植，如曾命曹植在七步內作詩，否則處死。從此鬱悶不得志，詩風轉為沉鬱頓挫，悲憤交集。文帝死，明帝曹叡即位，曾意召曹植入朝，有朝臣進讒言，認為曹植「素有壯志，一朝得嚐夙願，恐難為臣」。太和六年（232），曹植被轉封為陳王，十一年內三次被迫遷都，鬱悶而終，年僅四十一歲。

◎ 選文

洛神賦（節錄）

曹植

翩若驚鴻[1]，婉若遊龍[2]。榮曜秋菊[3]，華茂春松[4]。彷彿兮若輕雲之蔽月[5]，飄颻兮若流風之迴雪[6]。遠而望之，皎[7]若太陽升朝霞；迫[8]而察之，灼若芙蓉出淥波[9]。襛纖得衷，修短合度[10]。肩若削成[11]，腰如約素[12]。延頸秀項[13]，皓質呈露[14]。芳

---

1 翩若驚鴻：她的形態如鴻雁驚飛那樣的輕巧矯捷。翩，鳥疾飛的樣子，引申為搖曳飄忽。
2 婉若遊龍：她的體態柔曲，猶如遊動的蛟龍。
3 榮曜秋菊：她的容顏光澤比秋菊還鮮明。榮，光彩。曜，鮮明。
4 華茂春松：她的光采比茂盛的春松更耀眼。華，光彩。
5 彷彿兮若輕雲之蔽月：她忽隱忽現就像浮雲遮蔽了明月。
6 飄颻兮若流風之迴雪：她的姿態輕盈如風中旋轉的飛雪。
7 皎：明亮。
8 迫：逼近。現代版。
9 灼若芙蓉出淥波：有如出水芙蓉一樣的亮麗。淥波，清澈的水波。
10 襛纖得衷，修短合度：身材胖瘦、高矮恰到好處。
11 肩若削成：她的肩部纖瘦柔婉，有如特意削成。
12 腰如約素：她的腰身圓細美好，宛如緊束的白絹。
13 延頸秀項：她的脖子修長秀麗。延，長。脖子的前部叫頸，後部叫項。
14 皓質呈露：露出雪白的肌膚。

澤無加[15]，鉛華弗御[16]。雲髻峨峨[17]，修眉聯娟[18]。丹唇外朗[19]，皓齒內鮮[20]，明眸善睞[21]，靨輔承權[22]。瑰姿豔逸[23]，儀靜體閑[24]。柔情綽態，媚於語言[25]。奇服曠世，骨像應圖[26]。披羅衣之璀粲兮[27]，珥瑤碧之華琚[28]。戴金翠之首飾，綴明珠以耀軀。踐遠遊之文履[29]，曳霧綃之輕裾[30]。微幽蘭之芳藹兮[31]，步踟躕於山隅[32]。於是忽焉縱體，以遨以嬉[33]。左倚采旄，右蔭桂旗[34]。攘皓腕於神滸兮[35]，采湍瀨之玄芝[36]。

---

15 芳澤無加：芳澤，潤髮用的香油。無加，不用。
16 鉛華弗御：鉛華，古代女子化妝用的鉛粉。弗御，不用。
17 雲髻峨峨：雲髻，女子盤捲如雲的髮髻。峨峨，美好的樣子。
18 修眉聯娟：眉毛微彎而細長。修眉，長眉。聯娟，眉毛微彎。
19 丹唇外朗：外有鮮艷的紅唇。
20 皓齒內鮮：內有雪白的牙齒。
21 明眸善睞：美人目光流轉動人。
22 靨輔承權：兩頰有美麗的酒窩。靨輔，酒窩。權，通顴，兩頰。
23 瑰姿豔逸：瑰姿，美好的容貌或姿態。豔逸，高妙卓出的樣子。
24 儀靜體閑：儀態沉靜文雅。
25 柔情綽態，媚於語言：態度溫婉，說話時嫵媚動人。綽，姿態柔媚。
26 奇服曠世，骨像應圖：奇特的服飾世上所無，骨骼相貌如畫像上的仙人。
27 披羅衣之璀粲兮：穿著鮮艷奪目的衣服。璀粲，色彩鮮明。
28 珥瑤碧之華琚：配戴耳環、青白色的玉佩。珥，耳環。華琚，雕刻的玉佩。
29 踐遠遊之文履：踐，穿著。遠游，一種鞋名。文履，繡花鞋。
30 曳霧綃之輕裾：曳，拖著。霧綃，輕細如雲霧的薄紗。裾，裙子。
31 微幽蘭之芳藹兮：淡如蘭花的香氣。芳藹，香氣。
32 步踟躕於山隅：踟躕，徘徊。山隅，山旁。
33 忽焉縱體，以遨以嬉：忽然邁開步伐，遨遊嬉戲。縱體，舒展。
34 左倚采旄，右蔭桂旗：出行時左右有桂枝作的彩旗儀仗。采旄，彩旗。
35 攘皓腕於神滸：攘，捲袖露出手臂的動作。滸，水邊。
36 采湍瀨之玄芝：采，採。湍瀨，水淺流急的地方。玄芝，黑色的靈芝。

◎ 作者

劉義慶（403-444）彭城（今江蘇徐州市）人。本長沙王劉道鄰之子，過繼給臨川王劉道規，襲封臨川王。為人恬淡寡慾，愛好文史，卒諡康。著《幽明錄》、《宣驗記》等皆散佚，唯《世說新語》傳世。《世說新語》由門下食客共同編撰，全書分「德行」、「言語」、「政事」、「文學」、「方正」、「雅量」、「識鑒」、「賞譽」、「品藻」、「規箴」、「捷悟」、「夙惠」、「豪爽」、「容止」、「自新」、「賢媛」、「術解」、「巧藝」等共三十六門。

◎ 選文

許允婦
劉義慶

許允[37]婦是阮衛尉[38]女，德如[39]妹，奇醜。交禮竟[40]，允無復入理，家人深以為憂。會允有客至，婦令婢視之，還答曰：「是桓郎。」桓郎[41]者，桓範也。婦云：「無憂，桓必勸

---

37 許允：字士宗，高陽人。世家大族出身，官至鎮北將軍。

38 阮衛尉：阮共，字伯彥，三國時期魏人，官至衛尉卿。衛尉，職掌宮城內外的保衛。

39 德如：阮侃，字德如，阮共的小兒子，官至河內太守。

40 交禮竟：婚禮中新人交拜的禮儀。竟，完畢。

41 桓郎：郎是古代對青年男子的稱呼。桓範，字符明，三國曹魏官員，以智囊著稱，官至大司農。

入。」桓果語許云：「阮家既嫁醜女與卿，故當有意，卿宜察之。」許便回入內。既見婦，即欲出。婦料其此出，無復入理，便捉裾[42]停之。」許因謂曰：「婦有四德[43]，卿有其幾？」婦曰：「新婦所乏唯容爾。然士有百行[44]，君有幾？」許云：「皆備。」婦曰：「夫百行以德為首，君好色不好德，何謂皆備？」允有慚色，遂相敬重。

---

42 裾：音居，上衣、長袍的背後部分。

43 四德：婦德、婦言、婦容、婦功。婦德，婦女應具有「尚柔」的美德。婦言，擇辭而說，不道惡語，時然後言，不厭於人，是謂婦言。婦容，婦女端莊柔順的容儀。婦功，婦女的工作。指舊時的紡織、刺繡、縫紉等。

44 百行：眾多良好的品行。

◎ 延伸閱讀

1. 曹植，《洛神賦》，香港：商務印書館出版，2002。

2. 〈驚鴻舞〉《後宮甄嬛傳》第 13 集，2011。

3. 陳君宜，《智慧美學：成功女人的絕密美學》，香港：青森文化出版，2012。

◎ 活動與討論

1. 每個時代都有獨特的審美標準，南朝《世說新語》認為女子具有智謀可為賢媛同的條件，至於漢末曹植則以女子的美姿容為女神，請問現今社會普遍認同的「女神」特質應是如何？

2. 現代化妝品產業發達，不滿意「婦容」可由化妝品補強。你認為女性在「婦德」、「婦言」、「婦功」方面，可以努力的方向為何？若「婦德」、「婦言」、「婦功」不培養的話，對自己與他人的生活，將帶來什麼影響？

（王淑蕙編撰）

當宿世情緣遇到今生注定
《紅樓夢》詞曲選讀

◎ 單元介紹

　　在豐富生活經驗的基礎上，「寒冬噎酸齏，雪夜圍破氈」，晚年窮困的曹雪芹用生命和血淚，創作出偉大的文學傑作《紅樓夢》，經「批閱十載，增刪五次」，通過精煉的語言和高超優美的藝術技巧，曹雪芹將一幅封建貴族家庭興衰的歷史圖卷，具體又生動地展開在讀者眼前。這部家譜式的小說大膽揭露君權時代外戚貴族荒淫腐敗的奢華生活，暗示封建社會崩潰的必然性，具有豐富深刻的社會意義。《紅樓夢》的現實主義達到高度的藝術成就，其中又以賈寶玉[1]、林黛玉[2]

1　賈寶玉是《紅樓夢》中的第一主角，為榮國府二老爺賈政和王夫人所生，排行老二，出場時其兄賈珠已死。他有一同父同母的大姐賈元春，以及趙姨娘所生、同父異母的弟弟賈環和妹妹賈探春。賈府中下人們稱其寶二爺，在大觀園詩社中別號怡紅公子、絳洞花王、富貴閒人，警幻情榜評為「情不情」。根據小說第一回，賈寶玉由神瑛侍者脫胎而成，對絳珠仙草有灌溉之恩，因此有還淚一說，出生時口含一塊由女媧補天遺留的大青石化成的玉。寶玉厭棄科舉功名，不以世俗標準為生活準則，被看成「不肖的孽障」、「混世魔王」，曾說「女兒是水做的骨肉，男人是泥做的骨肉。我見了女兒便清爽，見了男子便覺得濁臭逼人。」從小在女兒堆裡長大，喜歡親近女孩兒，討厭男人。

2　林黛玉是《紅樓夢》中的女主角之一，是賈母的外孫女，賈寶玉的姑表妹。父林如海，母賈敏，從小體弱多病，性格多愁善感，才思敏捷，注重靈性生活，住「瀟湘館」，海棠詩社別號瀟湘妃子。父母雙亡，寄居賈府，和寶玉兩情相悅，但賈府的長輩們最終選擇讓寶釵作寶玉的妻子，黛玉在沉重的打擊之下終於走向死亡，情榜評為「情情」。

及薛寶釵[3]三人的愛情與婚姻悲劇最能感動讀者。曹雪芹對人物性格形象的塑造精雕細琢，運用詩詞歌賦等形式把人物描繪得鮮活獨特，並通過揮灑自如的筆觸，藉由肖像描寫和詞曲，揭示出人物的性格和命運。本單元選讀三位主要人物的肖像描寫、《金陵十二釵[4]正冊》[5]裡的判詞、《紅樓夢曲》[6]，以領受文學和藝術之美。

寶玉第一次出場是在第四回黛玉剛到賈府時，曹雪芹以黛玉的視角來看寶玉：「面若中秋之月，色如春曉之花……」簡短幾句話便將寶玉的聰明靈秀、天生癡情的氣質全表達出來。從頭到腳，從整體到局部，從外貌到表情，一位溫柔多情貴公子——寶玉，彷彿從書中走出來，真真切切站在眼前。黛玉和寶釵的肖像描寫筆法則不同，細緻又充滿了想像空間。以充滿詩情畫意的浪漫主義筆法，刻劃出黛玉超凡脫俗之神韻，以寫實主義筆法描繪出寶釵豔冠群芳之具象姿態，分開來看，黛、釵如兩山並立，二水分流，各現其美——靈動美和端莊美都是女性美的典範。

---

3 薛寶釵是《紅樓夢》中的主要人物，賈寶玉的姨表姐，父親早亡，與母親薛姨媽、哥哥薛蟠寄住於賈府。體態豐滿，品格端莊，才德兼備，性格大度，喜怒哀樂皆有所壓抑，不欲表達於言表。寶釵住「蘅蕪院」，海棠詩社別號蘅蕪君。雖然寶釵在與黛玉的競爭中終於勝出，但寶玉愛的是黛玉，寶釵得到的只是有名無實的婚姻。寶玉的出家讓她「守活寡」，作為「封建淑女」的典範，讓她把自己美好的人生埋葬在空洞淒冷的婚姻中。

4 金陵十二釵指《紅樓夢》書中十二位主要女性人物，有林黛玉、薛寶釵、賈元春、賈迎春、賈探春、賈惜春、王熙鳳、史湘雲、秦可卿、妙玉、巧姐、李紈。

5 金陵十二釵圖冊出現在《紅樓夢》第五回，寶玉由警幻仙姑引導遊歷了太虛幻境，翻閱了「金陵十二釵」的簿冊，又隨仙姑品仙茗、觀仙舞、聽《紅樓夢曲》。

6 《紅樓夢曲》共有十四支，開首一支為引子，最末一支為尾聲。中間十二曲，分別歌詠金陵十二釵，暗寓各人的身世結局和對她們的評論。

　　寶玉在夢中由警幻仙姑引領遊歷太虛幻境，來到薄命司，看到有大櫥裝載著各省薄命女子的生平判詞，在家鄉金陵的櫃子翻冊觀看，有金陵十二釵正冊、副冊、又副冊等三冊。冊中有圖畫有判詞，但無姓名，寶玉不解意指何人，其實上面記載的正是賈府上、中、下三等女子的命運。當寶玉翻開《金陵十二釵正冊》第一頁，看見一幅圖畫和四句判詞，判詞寫著「可嘆停機德，堪憐詠絮才！玉帶林中挂，金簪雪裡埋」，實則暗示寶釵和黛玉的命運，寶釵深備婦德、黛玉詩才敏捷，兩人的結局皆令人憐嘆。曹雪芹在這裡做了黛釵合一的藝術設計，黛釵二人在思想行為上明顯對立，黛玉離經叛道，寶釵恪守封建禮教規範，但她們同樣被囚禁在男尊女卑的封建牢籠，皆紅顏薄命，令人惋惜和哀悼。

　　警幻仙姑見寶玉看過簿冊後仍未從情慾聲色中覺醒，安排他聆聽紅樓夢十二支曲的歌舞演唱，其中〈終身誤〉和〈枉凝眉〉二曲最能解讀寶、黛、釵三人的愛情婚姻悲劇。〈終身誤〉預示寶釵因婚姻而終身誤，曲子以寶玉的口吻道出金玉良緣和木石前盟的悲劇衝突，最後寶玉娶的是寶釵，但心中始終念念不忘黛玉。寶釵雖成就了「金玉良緣」的虛名，實際上卻終身寂寞。〈枉凝眉〉講的是黛玉和寶玉雖有前世因緣，但到頭來鏡花水月一場空，從一開始就注定了寶、黛悲劇的結局。引子這闋詞點出《紅樓夢》主題，〈飛鳥各投林〉是《紅樓夢曲》的最後一支，概括地道出書中各種人物的命運，表現出整個封建制度和封建階級正加速走向滅亡的歷史趨勢。

◎ 作者

　　曹雪芹（約 1715-1763），清滿州包衣人，名霑，字夢阮，號雪芹、芹圃、芹溪，清朝小說家，工詩善畫。祖先遷居東北，明末清初，入漢軍正白旗籍。康熙二年到雍正六年，從曾祖父曹璽起，祖父曹寅、伯父曹顒、父親曹頫，三代四人世襲江寧織造[7]六十多年，是曹家富貴榮華的極盛時期。後因清宮內部鬥爭激烈[8]，其父獲罪削職[9]，家產悉數抄沒，遷北京，「富貴流傳已歷百年」煊赫一時的閥閱[10]世家日漸衰敗。曹雪芹一生歷經曹家由盛而衰的過程，晚期生活窮困，靠賣字畫及朋友接濟維生，他窮愁中堅持著書，花十年寫作《紅樓夢》[11]一書，最後貧病而死。

7　江寧織造署是清朝在江寧府（現江蘇省南京市）設置的織造御用和官用緞匹的專門衙署，江寧織造一職通常由皇帝的親信擔任，除本職外，還兼有監視當地官員、向皇帝匯報當地政治動向的祕密使命。曹家三世在官時，常以密摺上奏各處情況，實為康熙的耳目。

8　康熙去世，雍正繼位後為豎立自己威權，特別打擊其父親康熙之親信，曹家首當其衝。

9　曹頫以「行為不端」、「騷擾驛站」和「虧空」罪名革職入獄。

10 古代貼在門上的功狀，在左的稱為「閥」，在右的稱為「閱」，閥閱世家借指巨室世家。

11 又名《石頭記》、《情僧錄》、《風月寶鑑》、《金陵十二釵》。

◎ 選文

賈寶玉之肖像描寫

面若中秋之月，色如春曉之花，鬢若刀裁，眉如墨畫，

鼻如懸膽，目若秋波。雖怒時而若笑，即瞋視而有情……

面如傅粉，唇若施脂，轉盼多情，語言若笑。

天然一段風韻，全在眉梢；平生萬種情思，悉堆眼角。

林黛玉之肖像描寫

[12]兩彎似蹙非蹙罥煙眉[13]，一雙似泣非泣含露目[14]。

態生兩靨之愁，嬌襲一身之病。淚光點點，嬌喘微微。

閒靜似嬌花照水，行動如弱柳扶風。

心較比干多一竅，病如西子勝三分[15]。

---

12 現存的各種紅樓夢版本，描寫林黛玉眉眼的用語有數種文本，例如「兩彎似蹙非蹙籠煙眉，一雙似喜非喜含情目」、「兩彎半蹙鵝眉，一對多情杏眼」等。

13 兩彎似蹙非蹙罥煙眉：兩彎眉毛像一抹輕煙，似蹙非蹙。蹙，音ㄘㄨˋ，蹙眉就是皺眉。罥，音ㄐㄩㄢˋ，挂、纏繞。眉毛彎彎，有如一縷輕煙，眉尖若蹙，如煙雲繚繞，罥煙眉最能表現林黛玉超凡脫俗的神態。

14 一雙似泣非泣含露目：寫林黛玉雙眼常含淚，水汪汪地如含仙露明珠，呼應後句的「淚光點點」。「含露目」，寓絳珠仙草「甘露灌溉」原意。

15 心較比干多一竅，病如西子勝三分：寫林黛玉敏捷聰慧，美貌又病弱。比干，商代貴族，紂王的叔父。紂王淫亂，比干諫之，被誅。相傳比干擁有七竅玲瓏心，黛玉的心較比干多一竅，是讚美其聰穎。西子，即西施，春秋時代越國美女。據說西施因患心病常捧心顰眉，更現美態，這裡以西施比喻黛玉的病態美。

薛寶釵之肖像描寫

頭上挽著漆黑油光的簪兒，蜜合色[16]棉襖，

玫瑰紫二色金銀鼠[17]比肩[18]褂，蔥黃[19]綾棉裙，

一色半新不舊，看去不覺奢華。

唇不點而紅，眉不畫而翠；臉若銀盆，眼如水杏。

罕言寡語[20]，人謂藏愚[21]；安分隨時，自云守拙[22]。

（上圖為北京大觀園怡紅院裡的蠟像：
由左到右依序為晴雯、寶玉、襲人，高碧玉攝影）

---

16 蜜合色：淡黃如蜂蜜色。

17 銀鼠：動物名，狀頗類鼬，毛短色潔白，以小動物、昆蟲為食。皮可製裘禦
寒，頗珍貴，產於中國吉林省一帶。

18 比肩：坎肩，意即無袖無領的上衣。

19 蔥黃：黃綠色。

20 罕言寡語：少言、不多言。形容人沉默，不隨意發言。

21 藏愚：掩藏愚昧不智。

22 守拙：以拙自安，不用機巧與世周旋。

《金陵十二釵正冊》判詞之寶釵和黛玉

可嘆停機德[23]，堪憐詠絮才[24]！

玉帶林中掛[25]，金簪雪裡埋[26]。

畫出或拍攝心目中林黛玉和薛寶釵的形象：

---

23 可嘆停機德：薛寶釵有封建社會賢妻良母之美德，可惜徒勞無功。停機德，出自《後漢書・列女傳・樂羊子妻》。樂羊子出遠門尋師求學，因為思家一年即歸。其妻樂氏正在織布，跪問其故，羊子曰：「久行懷思，無它異也。」樂氏遂拿刀割斷織布機上的絹匹，以此比喻學業中斷將前功盡棄，規勸樂羊子繼續求學，謀取功名，不要半途而廢。

24 堪憐詠絮才：黛玉才華出眾，但命運卻令人同情。詠絮才，出自晉代謝道韞的典故。某個寒天雪日，謝道韞的叔父謝安，對雪吟句說：「白雪紛紛何所似？」謝道韞的哥哥謝朗答道：「撒鹽空中差可擬。」謝道韞接著說：「未若柳絮因風起。」謝安一聽，大為讚賞，後世以「詠絮才」稱讚能詩善文的女子。

25 玉帶林中掛：玉帶林，點出林黛玉的名字。《金陵十二釵正冊》裡的頭一頁畫「兩株枯木（雙木為林），木上懸看一圍玉帶」，隱寓林黛玉猶如一潔白的玉帶懸掛枯木上，不被珍惜，是黛玉才情被忽視，命運凄慘的寫照。

26 金簪雪裡埋：「金簪」喻「寶釵」，雪，諧音薛。《金陵十二釵正冊》裡的頭一頁也畫「地下又有一堆雪，雪中有一股金簪。」耀眼的金簪埋沒在寒冷的雪堆，暗示薛寶釵必然遭到冷落孤寒的境遇。寶釵雖然勝了黛玉，嫁給寶玉當上「寶二奶奶」，但好景不常，在寶玉離去出家後，獨守空閨，成了封建禮教的犧牲品。

《紅樓夢曲》引子

開闢鴻蒙，誰為情種？都只為風月情濃。

奈何天，傷懷日，寂寥時，試遣愚衷：

因此上演出這悲金悼玉的《紅樓夢》。

〈終身誤〉《紅樓夢曲》十二支其一

都道是金玉良緣[27]，俺只念木石前盟[28]。

空對著、山中高士晶瑩雪，

終不忘、世外仙姝寂寞林。

嘆人間，美中不足今方信。

縱然是齊眉舉案[29]，到底意難平！

---

27 金玉良緣：薛寶釵身上有一和尚所贈予的金鎖片，刻著「不離不棄，芳齡永繼」八字，與賈寶玉出生時口含之通靈寶玉上所刻之「莫失莫忘，仙壽恆昌」恰好是一對，象徵他們的姻緣乃命中注定，因此有「金玉良緣」之說。

28 木石前盟：仙界赤霞宮神瑛侍者對一株垂死的絳珠仙草有灌溉之德、雨露之惠，後來動了凡心想下凡遊歷人間，投胎賈府成了賈寶玉。絳珠仙草受甘露灌溉始得久延歲月，後來既受天地精華，復得甘露滋養，遂脫去草木之胎，幻化人形，修成女體，成了絳珠仙子。因未曾回報神瑛侍者的灌溉恩惠，體內鬱結著一股纏綿，聞訊亦隨神瑛侍者下凡，投胎入世為林黛玉，打算把一生所有的眼淚還他。

29 齊眉舉案：比喻夫妻相敬如賓。出自《後漢書·卷八十三·逸民傳·梁鴻傳》，東漢孟光送飯食給丈夫梁鴻時，總是將木盤高舉，與眉平齊，夫妻互敬互愛的故事。

〈枉凝眉〉《紅樓夢曲》十二支其二

一個是閬苑[30]仙葩，一個是美玉無瑕。

若說沒奇緣，今生偏又遇著他；

若說有奇緣，如何心事終虛話？

一個枉自嗟呀，一個空勞牽掛。

一個是水中月[31]，一個是鏡中花[32]。

想眼中能有多少淚珠兒，

怎禁得秋流到冬，春流到夏！

〈飛鳥各投林〉[33]《紅樓夢曲》收尾

為官的，家業凋零；富貴的，金銀散盡；

有恩的，死裡逃生；無情的，分明報應；

欠命的，命已還；欠淚的，淚已盡。

冤冤相報實非輕，分離聚合皆前定。

欲知命短問前生，老來富貴也真僥幸。

看破的，遁入空門；痴迷的，枉送了性命。

好一似食盡鳥投林，落了片白茫茫大地真乾淨！

---

30 閬苑：神話傳說中神仙住的宮苑。閬，音 ㄌㄤˊ，又音 ㄌㄤˋ。

31 水中月：映在水中的月亮，並非實體，故用來比喻事物難以捉摸。

32 鏡中花：比喻虛幻的影像。

33 飛鳥各投林：意指「家散人亡各奔騰」，與「樹倒猢猻散」同義。

◎ 附錄

節錄自《紅樓夢》第一回

　　只因西方靈河岸上三生石畔有絳珠草一株，時有赤霞宮神瑛侍者，日以甘露灌溉，這絳珠草便得久延歲月。後來既受天地精華，復得雨露滋養，遂得脫卻草胎木質，得換人形，僅修成個女體，終日游於離恨天外，飢則食蜜青果為膳，渴則飲灌愁海水為湯。只因尚未酬報灌溉之德，故其五內便鬱結著一段纏綿不盡之意。恰近日這神瑛侍者凡心偶熾，乘此昌明太平朝世，意欲下凡造歷幻緣，已在警幻仙子案前掛了號。警幻亦曾問及，灌溉之情未償，趁此倒可了結的。那絳珠仙子道：「他是甘露之惠，我並無此水可還。他既下世為人，我也去下世為人，但把我一生所有的眼淚還他，也償還得過他了。」

◎ 延伸閱讀

1. 周汝昌，《寫給所有人的 45 堂紅樓夢》，臺北市：聯經出版公司，2015。

2. 曹雪芹，戴敦邦等繪圖，《繪本紅樓夢》，臺北市：積木，2011。

3. 蔣勳，《夢紅樓》，臺北市：遠流，2013。

4. 劉心武，《劉心武談紅樓夢》，大陸：人民文學出版社，2015。

◎ 活動與討論

1. 分析賈寶玉、林黛玉、薛寶釵三人的藝術形象之美。

2. 探討 e 世紀有哪些女性美的新典範？

（高碧玉編撰）

自然就在你身體內
〈愛生哲學芻議〉

◎ 單元介紹

本文選自《愛生哲學》（爾雅，1985）一書，原發表於「大自然」雜誌第四期，全文主旨主要在闡述「愛生」的生活、生命態度。所謂「愛生哲學」就是珍惜生命、珍惜生活、珍惜環境的哲學，是珍惜人與人的關係，珍惜人與自然的關係。特別強調人是自然的一環，是自然的子女，因而反對人為了貪利而破壞自然、破壞人心，它反對人因忙碌而疏冷了父母子女之情、男女之情、朋友之情，因為它看到人類（及一切生物類）最根本的幸福不是利，而是情；人類的最後光明不是物質的燈，而是心靈的燈。作者在此書序文內特別強調：這是一部給年輕朋友的哲學，是每個人都應該且可以用自己的生活與血肉去填充的，唯有這樣的填充，我們自己才有救、我們的生活才有救、我們的環境甚至教育才有救。

研讀這篇文章，可以讓我們反省人類近兩百年來的工業、物質文明及資本主義市場發展，為人類與地球生態環境帶來的影響，到底是正面的或是負面的呢？自從西元 1962 年瑞秋・卡遜（Rachel Carson）夫人，發表《寂靜的春天》一書後，地球環境及生態系遭受人類破壞的嚴重性才漸漸為人察覺，因而也帶動全球的生態環境保護運動，各種生態環境保護團體相繼成立，並督促各國政府立法訂定各種相關環境生態保護法規；然而，不管有心人士如何推動環保活動、政府如何

訂定相關政策或法規，重要的仍是人類心靈的改變與體悟，改變自己的貪念，並體悟「民吾同胞，物吾與也」同體共生的美感。

◎ 作者

　　孟東籬（西元 1937 年 5 月 25 日-2009 年 9 月 21 日），著名翻譯家與作家，原名孟祥森，另有筆名漆木朵、蔗杖、林喚光。民國二十六年生於河北省定興縣，十一歲來臺定居高雄鳳山眷區。高雄中學畢業，臺灣大學哲學系畢業，輔仁大學哲學研究所碩士。曾任教於臺灣大學、世界新專、花蓮海星中學、花蓮師專。1980 年在花蓮鹽寮海邊搭茅草屋居住，專注於翻譯、寫作及過著簡樸生活，並投注心力於自然生態的保護上。著有散文《人間素美》、《萬蟬集》、《濱海茅屋札記》、《素面相見》、《道法自然》、《以生命為心》、《愛生哲學》等書。譯有《與神對話 I、II》、《異鄉人》、《動物解放》、《禪與心理分析》、《美麗新世界》、《愛的藝術》等涵蓋哲學、文學、心理學、社會學與生態環保各領域的著作約六十多本。

　　孟東籬終生奉行其「愛生」的哲學觀念，身體力行其簡樸與親近自然的生活模式，不求名利、不求物質，更因不忍殺生而茹素，雖有高知名度卻離群索居，從譯作的選擇與個人著作中表達自己的信仰。

◎ **選文**（本文感謝水牛出版社同意授權使用）

愛生哲學[1]芻議[2]

孟東籬

前言[3]

　　第一次看到「愛生」二字指一種人格趨向或性向，是在弗洛姆的「人類破壞性之剖析」中[4]；它的原文是希臘文biophilia。希臘文 bio 就是「生命」、「生物」或「有生命的東西」，philia 則是「愛」。因此兩字連在一起就是「對生命的愛」，或簡稱之為「愛生」。

　　在弗洛姆的分析中，人天生都有愛生的傾向，但也同樣有另一種與之相尅相對的傾向，就是「愛死」的傾向。

　　這「愛死」的傾向，弗洛姆稱之為 necrophilia，希臘文的 necro 原意是「屍體」，引申為一切死的或與死亡有關的東西。「愛死」的性向或傾向，中文通譯為「戀屍性」，指的便是人類性格中惡性破壞的傾向。

1　哲學：英文為 philosophy 原為希臘文 philia（愛好與追求）和 sophia（智慧）的組合字。哲學研究就是在學習如何獲得智慧的一門學問，因此西方在中世紀大學成立、未有各種學科分設之前，對各種知識的探求都統稱為哲學；至今在西方國家獲得任何學科的博士學位仍授與 Ph.D 學位。

2　芻議：作者謙稱自己不足重的建議。

3　作者原註。此係依原稿剪貼，與「大自然」第四期刊出時順序略有不同。

4　作者原註。弗洛姆（Erich Fromm,1900-1977），美籍猶太裔心理分析學家的《人類破壞性之剖析》（*The Anatomy of Destructiveness*）出版於 1973 年，為其最後鉅著。孟祥森中譯，牧童出版社出版。

　　愛生和戀屍兩種性向，是每個人都有的，但各自的發展不同，有的人愛生性比較強，有的人戀屍性比較強；有極少數的人愛生性特強，幾乎掩蓋了戀屍性，如愛因斯坦[5]和史懷哲[6]，也有極少數的人戀屍性特強，幾乎掩蓋了愛生性，如希特勒[7]和許多殺人魔王。

　　在弗洛姆的分析中，社會也有這兩種性向，有的社會愛生性較強，便呈現着生機、和平與文化，有的社會則戀屍性較強，便呈現着貪欲，凶殘與破壞。

　　不論個人或社會，其性向都不是一成不變的——除非是極端愛生或極端戀屍的——隨著內在外在因素的變化，個人或社會都可能變得更為愛生或更為戀屍，也就是更為具有建設性或更為具有破壞性，因為愛生性的性格或戀屍性的性格用另外一種名詞說，就是建設性性格或破壞性性格。

　　極端愛生的人是充滿了愛的情感與意念的人，這種人是聖人型的人，他的愛生性格已經非常牢靠穩固，不可能再趨向戀屍性；極端戀屍性的人則充斥了恨與破壞，他也不可能再回頭了，這種人會把他自己、他周圍的人、他周圍的環境統統帶向毀滅。

5　愛因斯坦（Albert Einstein，1879-1955），德國出生的美籍著名理論物理學家，所提出之相對論遠比牛頓物理學先進。

6　史懷哲（Albert Schweitzer，1875-1965），中國譯為施偉策，德國神學家、哲學家、風琴家、赤道非洲的傳教醫師。由於他為達到四海一家所作的努力而獲得1952 年諾貝爾和平獎。

7　希特勒（Adolf Hitler，1889-1945），發動第二次世界大戰的納粹德國獨裁者，下令部屬在德國、波蘭、蘇俄等德國占領區內，建立許多滅絕猶太人的集中營，導致估計有 450 萬至 550 萬猶太人被殺。

以弗洛姆的人類性向分析的觀點來看現今世界的個人與社會，便可以看出大部分的社會與大部分的個人確實有著相當程度的破壞性或戀屍性，而且，可能有越走越嚴重的趨勢，如果不做努力的疏導與教育，人類堪憂，世界堪憂，個人堪憂；而疏導與教育，便是提倡和培育人的愛生性。

人在宇宙[8]中的意義與地位

一種哲學或人生態度，如果要有比較穩固的基礎，必須從宇宙觀或世界觀談起，使人可以確定他的生活與行為在全盤的領域中到底能有什麼意義，因此，愛生哲學的芻議也要從比較迂闊[9]的地方開始。

宇宙為什麼存在，或宇宙的目的是什麼，或宇宙有沒有目的，不是我們人類可以去追問或解決的，那不是我們人的事，因為宇宙既不是我們造的，也不聽我們指揮，而且，它實在太大了，不管它有沒有範圍，於我們人來說，都可說是無限，不管它有沒有始終，於人來說，都可說是無始無終，都可說是永恆。

我們所能問的是，人，這種動物，他在宇宙中有什麼意義。

簡言之，人這種動物在宇宙中的意義就是要完成高等物種的發展。

這種高等物種將來到發展完成之後會是什麼樣子，現在人

8　宇宙：上下四方叫「宇」，古往今來叫「宙」，合稱意指世界。
9　迂闊：意指理論或思想不適合事實狀況。

還很難預言，但無疑，現代人已經具備了這種高度發展的種子與胚芽，甚至在冥冥中已經具備了發展的藍圖，只是這藍圖尚未完全展現。

人類不論是由神所造還是由低等生物演化而成，到了現代這種人類的組織結構，都變成了宇宙中具有突破性的一種生物，他必然要向前推進，不達發展的極限絕不干休。

也許其他太陽系中也有類似的高等生物，向着類似的極限發展在前進，有的比人類發展的階段高，有的比人類發展的階段低，但各自都在發展，將來也可能相會。

無論如何，這個地球上的人類在進行著宇宙間最偉大的實驗之一，就是走向大有能力，走向高度智慧與穎悟，去體會宇宙精神，並與之相合。

因此，人在地球上有著他的使命——不論這使命是他自訂的還是宇宙創生他早就為他訂好的。

人類的目的與資源

既然這樣，他就必須考慮他在地球上資源與目的的相比情況：他的有限資源能夠任他發展成功嗎？還是會半途熄火而夭折？

這其實就是整個地球經濟學的取捨標準問題：我們人類究竟要不要完成這偉大的發展，願不願意在發展中途因毀壞了生存發展的環境而在宇宙中消失？

如果不願意，我們就必須趕快懸崖勒馬，把我們跟環境的關係看清楚，該用的用，能用的用，不該用不能用的不用。

對於環境的保育，如果要在最終的理論上找尋根據，應該是在這裡，而節儉之為美德，其最終的根據也在這裡。

對自然的珍惜

前面是從人類長遠發展的遠景或目的來看自然環境的保育意義，現在則從自然的本有狀態來看。

自然的本有狀態，無疑對人類有著許多有害的、威脅性的因素，如洪水、猛獸、地震、病毒、病菌和某些昆蟲等等，這些都是人類自古以來就一直遭其侵害並對之奮鬥的，這種奮鬥就整體來說，相當成功，而且會越來越成功。

使人類遭受威脅與侵害的諸種力量，站在人類一般利益的立場而言，我們不能說它們美，說它們善，說它們偉大。但它們確實是大自然的一部分，而我們人類，不論將來科技如何發達，恐怕還是得靠大自然養我育我。大自然雖然有威脅和侵害人類之事，但無疑她仍舊是萬物之母，也是哺育人類的母親。

從這個觀點看，無論如何我們不是「大自然」的敵人，大自然也不是我們的敵人，只能說其中某些因素對於人類的生存發展有不利的影響。至於有利甚至絕對必要的因素則比比皆是，瀰漫[10]在吾人四周上下內外，可以說，如果人類是魚，自然就是海。這些不但生物學已經有豐富的證論，每個細心體會的人也可以就他自己的生命與生活驗證。

---

10 瀰漫：本是形容大水的樣子，引申為滿布的意思。

　　如果能夠靜下來，我們會發現，自然世界固然充滿了威脅性的力量，但同樣充滿了美與安詳，青草可以像海與日出那樣悅目，喬松和槭樹楓樹可以像白雲像君子有一種氣象，各種花卉可以有一種悅美，不只滋潤蜂蝶的生命，也滋潤人類的心靈，山嶽崇高，河海遠大，到最後我們必然會發現自己是自然的一部分，不然不可能對自然產生這樣的呼應。我們之能呼應自然，是因為跟自然有相同或近似的頻率。是由於這樣的近似頻率，她才能夠呼，我們才能夠應，這正像歌德[11]所說，人能夠看到光，因為人的眼睛中有光，或說人能夠看到太陽，因為人的眼睛中有太陽。

　　我們同樣可以說，人能因看到自然而喜悅，因為他心中有這喜悅，人因能看到山與喬木而壯闊清高，看到花而溫馨香美，是因為他心中有壯闊清高，有溫馨香美，是因為他心中有高山喬木與花朵。

　　就是為了這些，人應當珍惜自然，因為這自然中含有著奇怪的東西，能夠令人感動，這種東西你可以稱之為奧秘，也可以稱之為美。

　　是從這個觀點，我們不能隨便破壞大自然，因為她不是我們造的，我們破壞了她，便沒有能力復原，因為我們感覺到她美，她奧秘，而這些，都不可隨便輕移，因為大自然是我們的母親，我們是自然所養育的兒女的一部分，我們應當珍惜這母子相處的因緣與情感，因為大自然生我育我，我們有

---

11 歌德（Goethe，Johann Wolfgang Von，1749-1832），德國作家，也是世界公認的文學巨匠之一。著有《少年維特的煩惱》和《浮士德》等。

一份感恩。

對生命的珍惜，對生活的領會

愛生哲學的另一種態度便是對自身生命的珍惜，對他人——甚至其他動物植物——生命的珍惜，對生活，對心靈的領會。

若說大自然充滿了美與奧義，則自然界中的各個個體也往往充滿了美與奧義，因為畢竟大自然是由各個個體組成，或說，各個個體之總合就是大自然。

在這個大自然界中，最為當面、最為直接的大自然現象，就是我們自己的生命。人——每一個健康而沒有遭受破壞的人，都是絕對奇妙偉大的結構，說它凝聚了自然界的一切奧秘絕不為過，說它是一個具體而微的宇宙絕不為過，我們的每一個細胞都是奧義，每一個器官都是奧義，由各個細胞各個器官組成的人當然更是。

人實在應該好好善待他的生命，好好安排他的生活，去珍惜體會做為一個人在天地間的意義與感受，同時應當懂得領會別人生命的奧義，珍惜別人的生命，懂得領會與別人相處的可貴。

對精神文化的重視

愛生哲學最後強調的一點是對文化的重視。

愛生哲學認為人是一種持續發展的物種，最終的目的是完成宇宙間高等生物的充分發展。充分發展以後的人類是什麼

樣子，我們目前固然不能窺其全貌，但對這發展的藍圖與理想是有的，那便是聖人智者與大有能力的混合體，是真善美都趨於理想的生物。這樣理想的生物，相信也是宇宙中創造生物本有的意涵與目的。

當前的人類顯然是在前進的階段，距目標還很遠，但是已起步有時。雖然有很多令人失望的地方，但站在宇宙長遠發展運行的觀點看，目前的種種挫折與不滿，毋寧是摸索的過程中必然會遭遇到的經歷。但人類絕不可以向他的錯誤　步與低俗的本能投降，而人類的文化所一直在努力的本就是這個。幾千年來，人類的文化──或說，人類中的偉大心靈──一直在提昇、督促人類前進，人類中的每一個智者都是先知，在傳遞人類的使命，指示人類前進的方向，諄諄[12]善誘，教之不倦，誨之不厭。

不論文學、藝術、科學、哲學或宗教，凡經揀擇而終得肯定的，便是人類文化的精華，我們一方面要珍惜，發揚，另一方面還要有新的創發，而由卑俗的心靈所發出來的一切，儘管可以喧囂一時，卻必遭淘汰，因為它無法符合人類心中的發展藍圖。

但這是就長遠而言。就目前來說，則每個有心人都應致力於高等文化的發揚與創作，同時努力去淘汰文化的渣滓[13]。反過來說，低俗文化之所以最終必遭淘汰，人類之所以有信心可以前進，也正是由於每一代中都有大批大批的人在從事發

---

12 諄諄：音ㄓㄨㄣ，說話誠懇、誨人不倦的樣子。
13 渣滓：音ㄓㄚ ㄗˇ，意指文化的殘渣、碎片。

揚、創造與淘汰的努力。

　　總言之，愛生哲學所提倡的是一種惜福的、重視自己生命、他人生命、重視自然而又重視文化發展的生活態度。而其立論的基礎則是人在宇宙中的長遠發展及其崇高目標。

自然就在你身內

　　本期「大自然」[14]的主題是「自然就在你身邊」，「愛生哲學」似乎有點文不對題，但我還是寫了下來，因為我覺得愛生的生活態度與對人對世界的看法跟自然生態保育有直接的關係。

　　儘管如此，我還是應該就本期的主題提一點我的意見。我的意見是，自然不僅在你身邊，而且在你身內，不僅你身邊的事事物物幾乎都是大自然，而且你自己本身就是大自然。

　　你吃的五穀雜糧雞鴨魚肉青菜水果，哪一樣不是「動物」或「植物」？不僅如此，你喝的水哪一口不是雨水或河水或泉水、地下水？你呼吸的空氣呢？那豈不是大自然最充沛最瀰漫的一種東西？實則我們的身體就是由這些東西構成，它們進入我們體內，構成了我們。它們就是我們。我們跟它們的關係，就像草地上的牛與青草一樣，不僅是息息相關，而且簡直就是密不可分的。

　　再說我們自己這個生命，從最開始鑄造起，有哪一樣不是

---

14 大自然雜誌：民國七十一年創辦的雜誌季刊，是中華民國自然生態保育協會（swan）附屬刊物，主要宗旨是希望一方面結合學術界做資源考察、復育繁殖及科學研究等報導；一方面則蒐羅廣大的資料、精美的圖片，配以優雅的版面設計，可以和讀者共享。協會網址：http://www.swan.org.tw/a.htm。

「自然」？卵細胞的等待不是自然嗎？精細胞的奮力游泳以求生命的結合，不是大自然生命力的催促嗎？結合之後所進行的開天闢地的染色體分裂過程，哪一樣不是創世紀的大手筆？然後是我們的四肢五官、五臟六腑[15]，這哪一樣是我們人自己締造的？哪一樣不是自然？

或許現代人已經太忙碌了，已經很少有人有閒暇感覺到自己就是自然，自己跟自然是那麼密切相關，牢不可分了。很可嘆的是往往到了自己生病時，才驚覺到自己身內那可怕的自然力量，是那樣的強大，那樣的頑強，那樣的不聽人的指揮，那樣明明確確的存在在那裡。

傷了手的人才知道手痛，才知道手那麼重要，那麼的有它自己的「生命」，傷了胃的人才知道胃痛，而體會到胃是那麼一種你把它無可如何的頑強力量。

但手是誰？胃是誰？

肺是誰？心是誰？肝是誰？腎是誰？

是可敬可畏可親的大自然，是自己。

自然就是你自己，一血一肉一髮一膚莫不是自然，也莫不是你自己。

只有體會到這個，我們才知道自己跟自然的關係之密切，只有體會到自己跟自然關係的密切，我們才能有正確的態度對待自然。

呼吸一口空氣吧，看看這個動作寓含著什麼意義。

---

15 五臟六腑：五臟指心、肝、脾、肺和腎。六腑指胃、膽、三焦、膀胱、大腸和小腸。

◎ 延伸閱讀

1. Paul Hawken 等著，吳信如譯，《綠色資本主義：創造經濟雙贏的策略》，臺北市：天下雜誌，2002。

2. 羅爾斯頓著，劉耳、葉平譯，《哲學走向荒野》，吉林市：吉林人民出版社，2000。

◎ 活動與討論

1. 呼吸一口空氣，看看這個動作寓含什麼意義？
2. 在大自然中，你感受到哪種美？

（楊劍豐編撰）

滑進希臘神話的奇麗世界
〈宙斯與歐羅巴〉、〈阿波羅與黛芬妮〉

◎ 單元介紹

　　希臘神話展示了遠古時代人類的宗教和政治制度、文明，以及他們的思想和感覺，透過詩人的生花妙筆，引領我們進入遙遠而充滿夢幻的美感世界。後人熟知的希臘神話或傳說大多源自於古希臘文學，其中以《荷馬史詩》保存最早、最豐富。希臘神話故事最初是許多民間吟遊詩人的集體口頭創作，以口傳文學的方式流傳，至西元前八世紀末，由荷馬旁徵博采口頭流傳的零碎篇章，創造出完整的長篇敘事詩《荷馬史詩》，用語精巧成熟，直到西元前六世紀才正式以文字傳之後世。之後很多詩人和藝術家都從《荷馬史詩》中獲得靈感，創作出無數珍貴的文學和藝術作品。

　　相較於其他各國的神話，希臘神話把充滿恐懼的原始世界化為美感世界，獨樹一幟地寫下了充滿羅曼蒂克的美麗篇章。神話故事解釋了自然現象，文化變更以及人類的情感思想，而希臘的一切藝術和思想都以人為中心，以人的形象塑造神明，神明個個俊男美女，有著人類的七情六慾和性格上的缺陷。擁有神力的神明雖然可畏，但他們跟人一樣會犯錯、出糗，只要人類小心一點，就可以和神明和諧相處，甚至可以嘲笑神明的愚蠢。有人性的神明讓天堂成為親切怡人的地方，甚至人和神還可以發生浪漫的愛情故事，很難想像面對埃及的人面獅身像或是亞述的鳥獸像，人類可以開懷大笑，更遑論人神相戀而

生下後代。羅馬人深受希臘文化的影響，把希臘眾神當作羅馬神話故事的主角，不同點在於同一個神明，羅馬人以拉丁文命名、希臘人以希臘文命名，例如希臘神話中象徵愛與美的女神叫做「阿芙柔黛蒂」，羅馬神話則叫做「維納斯」。

　　希臘神話裡，神和神可以戀愛結婚生子，神和人也一樣。人神戀有圓滿結局，也有悲劇收場。天帝宙斯與凡間美女的風流韻事最多，其中〈宙斯與歐羅巴〉解釋了歐洲名稱的由來。太陽神阿波羅象徵著真理、光明、藝術、體育，是男性美的典範，然而在〈阿波羅與黛芬妮〉中，阿波羅的初戀遭小愛神捉弄，他的追求讓心愛的少女變成一棵樹，故事淒婉動人。希望藉由本單元帶領讀者穿越時空，進入千年不朽之希臘神話的奇麗世界，提升跨文化的體認層次，以豐富美感之領受力。

◎ 作者

　　本單元編纂的〈宙斯與歐羅巴〉、〈阿波羅與黛芬妮〉兩篇希臘神話故事，是以史瓦布（Schwab）和赫米爾敦（Hamilton）兩位作家的版本為依據，並參酌相關情節的眾多版本整合而成。

　　古斯塔夫‧史瓦布（Gustav Schwab，1792-1850），是德國著名的浪漫主義代表性詩人與作家，致力於創作詩歌、民謠以及編纂德國民間故事。史瓦布以浪漫優美的文字撰寫情節清晰完整的《希臘神話故事》，結合文字和圖像，包括 180 幅世界名畫和 330 件世界博物館的珍藏。此書曾列為 100 世界名著，自十九世紀起被譯成各國語言，暢銷至今。

　　愛迪絲‧赫米爾敦（Edith Hamilton，1867-1963），美國女作家並從事教育工作，被愈為「the greatest woman Classicist」。1942 年出版的《Mythology》彙整了諸多史詩作品，整理出六百多位在希臘神話故事中最具代表性的神明、英雄和其他人物，以神祇篇、英雄篇、家族傳奇等主題分類，運用清晰的散文筆法，呈現最接近原作的故事版本，忠實表達了神話精神，被公認為神話故事的最佳入門書。

◎ 選譯

宙斯與歐羅巴

　　腓尼基[1]國王阿革諾耳管轄著富饒的首府──泰爾和希頓，美麗的腓尼基公主歐羅巴深居簡出，一直悠閒地住在父親的宮殿里。某天夜裡她作了一個奇異的夢，夢見化身為女子的世界兩大陸地──亞細亞洲和一個未知名的大陸，正為搶奪她而爭鬥。一位是亞細亞本地人的裝束，款款訴說她生養了歐羅巴；而另一位外國人打扮的女人緊緊抓著歐羅巴想強行帶走，低語：「跟我走吧，小寶貝！我要帶妳去見神王

1　腓尼基（Phoenicia）是古代地中海東岸的一個地區，其範圍接近於今日的黎巴嫩，阿革諾耳（Agenor）國王統治時，女兒歐羅巴（Europa）公主美麗異常。

宙斯[2]，妳命中注定是宙斯的情人。」奇怪的是歐羅巴並沒有反抗。

歐羅巴驚醒後，心慌亂得「撲通、撲通」跳個不停。她從床上坐起，剛才的夢歷歷在目，呆坐了許久，一動也不動，彷彿夢中那兩個爭奪她的女人還站在眼前。她思索著：「是誰給我這樣一個夢呢？夢中那位一襲外國裝扮的陌生女子是誰？真希望再見她一面！她對我多麼慈愛溫柔，即使動手搶我還柔情地對著我微笑。多希望神祇讓我再回到夢境裡！」

清晨明亮的陽光驅逐了黑暗夢影，歐羅巴起身去找年紀相符的少女們同樂，全是出生同一年次的貴族少女。她們經常一起散步、歌唱、跳舞、嬉戲。一群人來到海邊，草地裡鮮花遍地，美不勝收，姑娘們個個心花怒放。姑娘們都手提著花籃，歐羅巴是黃金製的花籃，上頭刻有諸神的故事。這個價值無比的花籃是火神的傑作[3]，是從前海神波賽頓追求利比亞時送給她的禮物，後來成了傳家之寶，一代又一代傳到阿革諾耳手中。姑娘們開始採擷自己喜愛的花朵，有的摘美麗

---

2 宙斯（Zeus），希臘神話中的十二主神（The Gods of Olympus）以宙斯為中心，居住在奧林帕斯山上，羅馬名為朱彼特（Jupiter）。傳說宙斯取代其父親克羅諾斯（Kronos）成為第三代天帝，是掌管宇宙的最高統治者，和他的兄弟們抽籤分配宇宙，海洋歸波賽頓（Poseidon），陰間歸黑底斯（Hades）。宙斯是雲雨神，有權力使用可怕的雷電，權威比別的神明加起來還要大。宙斯代表了正義，他對人類的統治公正不偏，從來不幫助撒謊和違背誓言的人。但他擁有眾多的情人，與許多女神和人間女子生下多位後代，長期來他以高尚與低俗的兩種形象並存。

3 赫淮斯托斯（Hephaestus）是希臘神話中的火神，擅長打造器物，亦是精工之神。由於相貌醜陋且瘸腿，因而生下來後便被天帝宙斯與天后希拉（Hera）所遺棄的可憐兒子，卻娶得美麗的愛神阿芙柔黛蒂。

的水仙、有的採芳香的風信子、有的尋高貴的紫羅蘭、有的找濃郁的百里香、有的親近黃色的藏紅花。豔冠群芳的歐羅巴發現了她喜愛的花，高舉了一束火焰般鮮豔的玫瑰，看去猶似愛情女神一般。姑娘們採集各種鮮花並放，圍坐鬆軟的草地，編花環掛在翠綠的樹枝上，作為獻給草地仙子的謝禮。

宙斯在天庭觀賞這幅迷人的畫面，他被歐羅巴的傾國美貌深深打動，可是，他既害怕惹怒忌妒成性的妻子希拉[4]，又怕自己的相貌嚇壞純潔天真的歐羅巴，於是使出詭計來誘惑她。宙斯把自己變成一頭公牛，但可不是那種馱著軛具、被鞭子抽打在田裡辛勤耕作的普通牛，而是一頭體碩健壯、高貴華麗的公牛，額頭上有個銀圈圈。牛角小巧玲瓏，比精雕細琢的工藝品還要精美，晶瑩閃亮有如珍貴的鑽石。金黃色的皮毛，額頭正中央閃爍著新月型的銀色印記，一雙湛藍色的雙眼燃燒著慾火，流露出無限情意。在宙斯變型前，把漢密斯[5]召喚來，吩咐他：「你看到下方腓尼基那塊土地嗎？你到那邊去，把正在山坡上吃草的牛群都趕到海邊。」漢密斯迅速飛到宙斯指示的牧場，把牛群從山坡上一直趕到海濱，

---

4 希拉（Hera）是宙斯的妻子，也是宙斯的姊妹。善妒的她常讓宙斯愛上的女人和其子女受到懲罰，即使她們是被騙失身，她也不放過。她是婚姻的保護者，是已婚婦女的求助對象。

5 漢密斯（Hermes）的父親是宙斯，他也是宙斯的使者。母親是擎天之神亞特拉斯的女兒美雅。他的動作敏捷優美，腳穿帶翼的涼鞋，頭上的低冠帽裝有翅膀，魔杖有雙蛇盤繞，想飛多快就飛多快，眾神就屬他最精明狡猾。他同時是神偷，也是死人的嚮導，帶亡魂下陰間安息的傳令神。

歐羅巴和少女們正歡喜地在那裡編織花環，連漢密斯都沒發覺宙斯已經變成公牛混入牛群。

　　牛群在離姑娘們不遠的地方散開，只有宙斯變身的公牛朝歐羅巴靠近，公牛步態高貴優雅，穿越肥沃的草地，看似溫馴可愛，不令人感到可怕。姑娘們不禁讚賞公牛那高貴的儀態和馴良的模樣，她們興高采烈得走近公牛，撫摸著牠光滑油亮的背脊。公牛似乎通解人意，一步一步靠近她們，最後，依偎在歐羅巴身邊。剛開始歐羅巴嚇得倒退幾步，但公牛顯得更加溫馴，歐羅巴大膽地走近牠，聞到牠身上發出的天庭香味，簡直比開花的草地還香。歐羅巴將手裡的花束送到牠的嘴邊。牠乖巧地舔著鮮花和姑娘的纖纖玉手，歐羅巴拭去牠嘴上的白沫，溫柔地撫摸著牠。歐羅巴愈來愈喜歡這頭美麗的公牛，壯著膽子在牛的額頭輕輕一吻。公牛瞬間發出美妙的歡叫聲，聽起來仿如呂狄亞人吹奏的笛聲，迴盪山谷間。公牛順從地躺在歐羅巴的腳邊，無限愛戀地瞧著她，擺擺頭，示意她爬上自己寬闊的背脊。

　　於是歐羅巴呼喚著她的女伴們：「快過來呀，咱們騎上這美麗的公牛背上，我看一次可以坐上四個人。瞧牠多麼溫順友善，和別的公牛都不一樣，我想牠有靈性，像人一樣，只是不會說話罷了。」歐羅巴邊說邊把花環掛在牛角上，輕盈地騎上牛背，其他姑娘們猶豫著，不敢跟著騎上去。

　　公牛見達到目的，立刻從地上一躍而起，即使緩慢的走著，姑娘們還是趕不上。當牠走過草地來到沙灘時，突然加速像飛馬奔馳。歐羅巴尚未意識到發生了什麼，公牛已縱身

　　跳進大海，高興地載著到手的獵物乘風破浪游走了。歐羅巴右手抓牢牛角，左手抱緊牛背，海風吹起她的衣裳，有如張開的白帆。歐羅巴惶恐地回頭向同伴們呼救，可是逆風把聲音吹回來，她們聽不到。海水在公牛身旁分流而過，歐羅巴竭力提高雙腳，生怕漸濕衣衫。公牛像一艘船，平穩地行駛在海面上，不久就看不見海岸了。夕陽西下，在夜色朦朧中，孤寂的歐羅巴除了海浪和星星，什麼都看不到。

　　翌日，公牛繼續馱負著歐羅巴，在大海裡整整游了一天，周圍一望無際，公牛靈巧地分開海水，沒讓一點水珠沾濕自己誘拐來的姑娘。夜色降臨，他們終於抵達遙遠的陸地，公牛游上岸，來到一棵大樹下，讓姑娘抓著樹枝輕輕滑下牛背，然後就消失蹤影了！歐羅巴面前突然出現一名俏逸如天神的俊男，他對歐羅巴表示自己是克里特島的主人，如果她願意嫁給他，他會保護她。歐羅巴絕望之餘，無奈地朝他伸出手表示默許，宙斯滿足了自己的慾望。

　　歐羅巴從昏睡中甦醒過來，一輪紅日已高掛天空。她驚慌失措地呼喊著父親的名字，這時，她想起發生的一切，哀憐道：「我不慎失身，怎麼還有臉呼叫父親？」她環顧四周，適才發生的事一幕幕又重回腦海，不由得反覆自問：「我從哪裡來？往哪裡去？我在作夢嗎？我真得做出不名譽的事嗎？我是清醒的嗎？不，這肯定是一場夢，我不可能騎上一隻牲畜的背游過大海，我是在草地上編織花環呀！」

　　歐羅巴說著說著，用手揉揉雙眼，好像剛從一場噩夢醒來，然而睜開眼，依舊身處陌生環境，眼前景像確確實實存

在。陌生的山巒樹木、陌生的岩石，海波濤洶湧澎湃，衝擊岸邊的懸崖峭壁，捲起滔天巨浪。她憤恨地喊著：「如果那頭公牛再出現我面前，我必定剝牠的皮、折斷牠的角。我太傻了！不加思索就遠離家鄉，真不知廉恥。現在只剩下死路一條，神啊！派一隻雄獅或猛虎來咬死我吧！也許是我太漂亮，野獸捨不得吃掉我，那我得挨餓，盡量讓自己變成醜八怪。」

老虎和獅子沒出現，她看到的只是一片陌生的景像，陽光從蔚藍的天空普照著大地。她似乎被復仇女神追趕，突然跳起來並跺著腳跟叫道：「可憐的歐羅巴，妳聽到父親的聲音了嗎？再不結束這種不名譽的生活，妳父親會指著一棵樹，要妳上吊結束這羞恥的生活。難道妳願意當一頭畜牲的侍妾？辛苦地當牠的女傭嗎？難道妳忘了自己是一位高貴的公主？」

她痛恨被命運遺棄的自己，想死，卻又拿不出勇氣尋死。突然從背後傳來一陣細細的嘲笑聲，她驚訝地回頭，看見艷光照人的女神阿芙柔黛蒂[6]，旁邊站著小愛神邱比特[7]，手中拿

6　阿芙柔黛蒂（Aphrodite）是希臘神話中是愛與美之女神，到了羅馬神話則改名為維納斯（Venus）。她從海中泡沫誕生，「阿芙柔」在希臘文是「泡沫」的意思，她擁有驚人的美貌，小愛神邱比特是她的兒子。阿芙柔黛蒂魅力無邊，許多男神都被她迷倒，然而她甜蜜地嘲笑所有被她戲弄的對象，連宙斯也沒放在眼裡。宙斯為了懲罰傲慢的阿芙柔黛蒂，下令要她嫁給最醜的火神。

7　邱比特（Cupido），羅馬神話中的小愛神，維納斯的兒子，即是希臘神話的厄洛斯（希臘語：Eros）。往往被塑造為手拿弓箭、背部長有一對翅膀的調皮小男孩。他的金箭射入人心會產生愛情，他的鉛箭射入人心會產生憎惡，他經常無目的地瞎射。

著愛神的箭躍躍欲試。阿芙柔黛蒂揚起嘴角微笑道：「美麗的姑娘，快快息怒吧！你所詛咒的牛即將前來，送上牛角讓你折斷，我就是託夢給妳的那位女子。歐羅巴，放寬心吧！把妳帶走的就是神王宙斯，妳已經成為宙斯的妻子，妳的名字將與世長存，從今以後，收留妳的這塊大陸就依你命名──歐羅巴。」

阿波羅與黛芬妮

　　阿波羅[8]的初戀對象是河神珀紐斯的女兒黛芬妮[9]，事情的發生並非偶然，而是小愛神邱比特故意惡作劇。黛芬妮是個獨立、討厭戀愛和婚姻的少女，曾發誓要像狩獵女神雅特蜜絲[10]一樣，永保純潔處女之身[11]。不計其數的英俊青年追求她，她一一回絕，不予理睬，只愛在林間打獵逐獸。為此，她的父親很煩惱，常感嘆道：「女兒，你該為我找個女婿了，難道要讓我一輩子不能抱外孫嗎？」聞言，她總是羞得滿面通紅，她討厭結婚，覺得結婚就是罪惡。她摟著父親撒嬌說：「最親愛的父親，請允許我終身不嫁，就跟雅特蜜絲一樣嘛！」疼愛女兒的父親只好讓步，讓黛芬妮到林間自由

8　阿波羅（Apollo）是希臘神話中的光明之神、文藝之神以及羅馬神話中的太陽神，其希臘名與羅馬名相同。他是宙斯和和黑暗女神勒托（Leto）的兒子，雅特蜜斯的孿生兄弟，生在狄洛斯小島，被稱為「最具有希臘氣質的神明」。阿波羅的典型形象是右手拿七弦琴，左手拿象徵太陽的金球。他是音樂家、詩人和射手的保護神。他是光明之神，從不說謊，光明磊落，在他身上找不到黑暗，也稱真理之神。他聰明而通曉世事，也是預言之神。他把醫術傳給人類，也是醫藥之神。他精通箭術，百發百中，從不失手。他同時掌管音樂、醫藥、藝術、預言，是希臘神話中最多才多藝、最俊美的神祇，也象徵男性之美。

9　根據神話，黛芬妮（Daphne）是河神珀紐斯的女兒，母親為水澤神女克瑞烏薩（一說為大地女神該亞）。

10　雅特蜜絲（Artemis）是太陽神阿波羅的孿生姊妹，被尊為月亮女神，相當於羅馬神話中的黛安娜（Diana）。她除了是月神外，還是狩獵女神，善射箭，經常在山林中追逐野獸，是野生動物的保護者。後來的詩人把雅特蜜絲跟海卡蒂合而為一，她是「三體女神」：在天界是嫻靜的月亮女神西崙（代表光明與神聖的滿月），在地面是身手不凡的狩獵女神雅特蜜絲（代表亦正亦邪、一半光明一半黑暗的半月），在陰間是冷酷嚴峻的海卡蒂（代表死亡與破壞的新月）。愛恨分明，在她身上表現出美善和邪惡的不確定性格。

11　希臘神話三大處女神：雅典娜、雅特蜜絲、灶神海絲蒂雅。

自在奔跑。

　　有一天阿波羅遇見小愛神邱比特，邱比特也是個射手，身上有兩種箭：有激起愛意的金箭，和使人拒絕愛情的鉛箭。阿波羅嘲笑邱比特的小弓小箭，生氣的邱比特飛到了一塊岩石上，從箭袋裡取出了兩支造法不同的箭，趁著阿波羅不注意時，一支金箭射向阿波羅、另一支鉛箭射向黛芬妮。

　　被金箭射中的阿波羅睜開眼，第一眼看到的就是黛芬妮，心中的愛情火焰立即點燃。她正要打獵，衣服只蓋到膝蓋，手臂赤裸，長髮披散肩頭，模樣美到令人無法抗拒地陷入情網。阿波羅癡迷地看著黛芬妮，心想著：「她不加修飾的打扮已是如此迷人，她若穿上得體的服裝，梳個優美的髮型，不知會有多美呢！」她動人的雙眸，如同夜空中閃爍的星星，如此深不可測。他看著她性感的嘴唇，充滿渴望，不能自持。他讚美她露出肩頭的雙臂和雙手，暗忖那被衣服遮蓋的部分不知要美麗多少倍，令他更心馳神往。渴求的念頭使阿波羅情火燃燒更熾，於是動身追逐黛芬妮。

　　然而黛芬妮被邱比特的鉛箭射中後，抬頭望去，見對面的阿波羅癡戀地望著自己，不由得厭惡至極。她想躲避，連忙轉身拔腿就跑，迅疾如風，連阿波羅都追不上，不論阿波羅怎樣地百般請求，黛芬妮就是不肯放慢腳步。阿波羅一邊追，一邊在後面喊道：「啊！黛芬妮，珀紐斯的女兒，請停下來看看我是誰？我追妳，並不是要傷害妳！妳這樣奔跑，簡直像羔羊見了惡狼、小鹿見了狼獅、馴鴿見了猛鷹似的，嚇得躲著我一直跑。我追妳是因為我愛妳，停下來看看是誰

在追妳吧！我不是粗魯的鄉野村民，我父親是宙斯，我是達爾菲神殿的主人，主管歌舞音樂的太陽神。我射箭百發百中，怎知我無拘無束的心卻被邱比特一支更加致命的箭刺穿心房。雖然我掌管醫藥，諳知百草的療效，世人都稱我為醫藥之神，但不幸的是，任何草藥都治不好愛情。我有治愈萬人的醫術，卻治不好自己。」

阿波羅的懇求還沒有說完，黛芬妮更加害怕，跑得更遠。風吹起她的衣裳，髮絲飄盪在腦後，就連她奔跑的姿態也如此令人心醉神迷！阿波羅見自己真心告白不起絲毫作用，使他加緊追趕心愛的姑娘。那情景就像高大獵狗追逐曠野中的弱小野兔般，野兔在前不要命地奔竄，獵犬緊追其後卻捕追不著。阿波羅和黛芬妮就這麼一前一後地跑著，她決定掙扎到底，不讓他追上來。可是追的比逃的速度快，漸漸地，黛芬妮面色蒼白，感到筋疲力盡，眼看就要追上了，她脖子上都能感受到他呼出的熱氣。她實在跑到快雙腿癱軟，力不從心，忽然眼前林間豁然開朗，她看見父親的河流，於是她乞求父親：「父親，救救我吧！如果是我的容貌太招人喜愛，那就把我的美麗變形，毀了它吧！」話剛說完，她突然感到全身麻痺，兩腳沉重就像扎進地裡的樹根，渾身長出了樹皮，雙臂變成了樹枝，頭髮變成了綠葉，面孔變成了樹冠，完全失去了原來的人形，她已經變型成一棵月桂樹，唯一沒有改變的，只是她那優美的風姿。

阿波羅既驚慌、又難過。他用手撫摸樹幹，感覺她隱藏在新生樹皮下的心還在跳動著。他將樹幹緊緊抱在懷裡，熱烈

親吻著，變成月桂樹的黛芬妮仍然拒絕阿波羅，枝條躲閃他的親吻。阿波羅悲嘆道：「黛芬妮，最美的閨女，既然妳不願當我的妻子，但至少妳該當我的聖樹。妳將分享我的勝利，我要把妳的樹葉編成桂冠戴在頭上，豎琴和箭袋永遠纏繞妳的枝葉。等到偉大的羅馬征服軍凱旋歸來，我就用妳編成桂冠給他們加冕。我的青春常在，妳也將四季常青，綠葉永不凋謝。」這時，葉子晶亮的月桂樹枝幹左右擺動，像是點頭同意。

◎ 延伸閱讀

1. 古斯塔夫 史瓦布，陳德中譯，《希臘神話故事》，臺中市：好讀，2014。

2. 愛笛絲‧赫米爾敦，宋碧雲譯，《希臘馬神話故事》，臺北市：志文，2000。

3. 唐譯著，唐淑燕編，《圖解希臘神話大全》，臺北市：新文創文化事業有限公司，2015。

4. 李昆興，《話畫：希臘神話、星空醫學與人文的藝術漫遊》，臺北市：帕斯頓數位多媒體有限公司，2015。

◎ 活動與討論

1. 探討世界各國神話塑造出的諸神形象和其表現出的民族性。

2. 發揮想像力，創作具有美感的人神相戀故事。

3. 如果世界像希臘神話中人神共處，將會是怎樣一個情境？

（高碧玉編譯）

導　論

　　大體而言，媒體素養是指人們在各種情境中近用、理解、分析及產製媒體訊息的能力。有別於培養媒體從業人員的媒體專業教育，「媒體素養教育」以全民為對象，含括認知、情感、態度、觀念到行動等各個層面，目標在於培養全民具備思辨與產製訊息的能力，能夠以批判性的角度去解讀，而不是盲目接受所有的媒體訊息，避免受到媒體的不當影響。尤其在網路 e 世代，人們在孩童時就開始學習電腦和軟體，早在進入大學就讀之前就已經很習慣使用科技，而社群網路的興起，讓閱聽大眾不再只是訊息接收者，社群網路具備功能強大的互動性，人人可以製造、編輯和分享訊息，達到無國界傳播。

　　學校教育提供學生體驗並學習參與公民社會的知能，西方國家早已把媒體素養教育納入正規教育體系中，臺灣雖然起步較晚，近幾年有越來越多的大學開設相關課程，中小學也有融入媒體識讀的課程設計。本書就提昇媒體素養的目標，希望藉由單元的設計讓學生理解媒體對人們感知外在世界的影響，對媒體訊息能夠有批判和省思的能力，進而訓練學生產製並傳播訊息以傳情達意。

　　首先，在「孝子殺人」單元裡呈現輿論的殺傷力。輿論的「批判」不可淪為「霸凌」，輿論基於捍衛「社會共同價值」的立場批判不公不義之事，是維持社會道德運作的重要機制，但若是出於個人利益或主觀意識，或一時衝動，不正當的謾罵則讓「社會批判」變成

「集體霸凌」。例如一句「曾參殺人」的散播引起了軒然大波，謠傳短時間內就形成輿論，讓曾參之母嚇到倉皇逃逸。諸如這類未經查證訊息真偽的輿論，不僅對承受者造成損害，但也不要忘了，真相大白時往往殺傷力也會反撲事件的始作俑者。

其次，在「悲劇英雄的道路」和「千古是非話此情」兩個單元裡，藉由對比後人對歷史人物型塑出的不同形象，突顯批判思考在媒體教育的重要位置。作者基於個人觀點和好惡，例如選文裡的項羽或是楊玉環，同樣一個歷史人物竟然在不同人的創作下，演繹出截然不同的面貌和性格。反思當今的新聞媒體產業，各家無不對外宣稱自己的立場是「中立客觀」，實際上媒體利用暴力、血腥、煽情、炒作與捏造新聞等違反媒體倫理手段，以增加收視率或報刊發行量的媒體亂象比比皆是，新聞從業員必須堅守「公正」和「客觀」的原則蕩然無存。唯有加強公民媒體素養教育以制衡媒體亂象，才可能提昇社會的善良風氣。

最後，在「寫一首詩給你」單元裡可回溯傳播媒介的演化。在古代，遠距離溝通是透過書信傳遞，隨著科技進展，報紙、書刊、廣播、電話、傳真機、網路等皆是提供溝通或傳播的媒介。單元設計希望學習者能在創作過程中表達自己的感受，體驗藉由無遠弗屆的傳播力量來達到「傳情達意」的目的。

孝子殺人
〈曾子殺人〉、附錄〈曾子語錄〉

◎ 單元介紹

　　曾參是孔門中，以孝道聞名的弟子。流傳於後世的故事有：曾參瓜田除草時，不慎割斷瓜根，父親大怒，拿棍子打昏他。清醒後曾參向父親認罪，並彈琴唱歌表示身體無恙。孔子事後告訴他：「小杖則受，大杖則走。」以免父親盛怒下手過重，造成無法挽回的後果，陷父親的管教於不義，還怎麼談孝呢？「二十四孝」中也有曾子「齧指痛心」的故事，某日曾子在山中砍柴，家中突然來客。因家貧無法待客，母親情急之下咬破手指，母子連心，曾參忽然感到心痛，匆匆負薪返家，解決了母親的困境。

　　曾參成長後拜孔子為師，著有《大學》、《孝經》。孔子死後守孝三年，將孔子學說傳給子思，子思再傳給孟子，因此後世尊稱他為「曾子」、「宗聖」。曾子提出「吾日三省吾身」的修身法則，影響深遠。又臨終時，以「如臨深淵，如履薄冰」，作為一生行事準則的寫照，如此謹小慎微的人，仍曾經遭受到不實的指控。

　　《戰國策・秦二》記載：曾子住在費國時，有同名同姓者殺人，此時有好事者不經查證即告訴曾母：「你兒子殺人啦！」由於曾子以孝聞名，曾母不為流言所動。但當第二、第三個人這麼說的時候，曾母最終還是懷疑起兒子，匆忙的丟下手上織布的杼，連忙踰牆而逃。

　　母親應該是最理解兒子的，但當眾口鑠金、積非成是時，輿論成

為一種語言的霸凌，左右了曾母對曾子的信任。曾母最終相信了流言，畏懼被連坐處罰而選擇逃跑。現今社會網路匿名霸凌者眾，許多被霸凌者不及曾子大儒與至孝的名聲，因此若漠視被霸凌者的傷痛，甚至加入霸凌他人的行列，將使媒體之善成為媒體之惡，現代媒體的進步性，反而成為傷人的利器，那麼公民素養何在？媒體素養何在呢？值得吾人深思。

◎ 作者

　　《戰國策》的成書非一時一人，是彙集《春秋》至秦一統天下之間，策士著作和史官記載而成的歷史著作。原書名不明，經西漢劉向考訂整理後，定名 《戰國策》。《戰國策》善於述事明理，大量運用寓言、譬喻，人物刻畫富於文采。不僅是歷史著作，也是一部非常好的歷史散文。

◎ 選文

曾子殺人
佚名

　　昔者曾子[1]處費[2]，費人有與曾子同名族者，而殺人。人告曾子母曰：「曾參殺人！」曾子之母曰：「吾子不殺人。」織自若[3]。有頃[4]焉，人又曰：「曾參殺人。」其母尚織自若也。頃之，一人又告之曰：「曾參殺人。」其母懼，投杼[5]踰牆而走。（《戰國策・秦二》）

1　曾子：曾參，字子輿，春秋末年魯國人。曾點之子，為孔子弟子。性至孝，著有《大學》、《孝經》，以其學傳子思，子思傳孟子。後世尊稱為「宗聖」。

2　費：春秋時國名，轄地在今山東省費縣。

3　自若：態度自然如常。

4　有頃：不久。

5　投杼：投杼指曾參母親受惑於謠言，終疑曾子殺人，投杼踰牆而逃的故事。後來比喻謠言眾多，就連最親信的人也會動搖堅定的信念。杼，音 ㄓㄨˋ，織布機上用來牽引緯線的器具。相關成語有「投杼之惑」、「投杼之疑」、「曾母投杼」等。

◎ 附錄

曾子語錄

《論語》（節錄）

曾子曰：「吾日三省吾身：為人謀而不忠乎？與朋友交而不信乎？傳不習乎？」（〈學而第二十一章〉）

曾子有疾，召門弟子曰：「啟予足！啟予手！《詩》[6]云『戰戰兢兢，如臨深淵，如履薄冰。』而今而後，吾知免夫！小子！」（〈衛靈公第二十一章〉）

---

6 詩：指《詩經》。

◎ 延伸閱讀

1. 丹尼爾・沙勒夫，《隱私不保的年代：網路的流言蜚語、人肉搜索、網路霸凌和私密窺探》，臺北市：博雅書屋，2011。
2. 霍金森，《媒介、文化與社會》，新北市：韋伯文化，2013。

◎ 活動與討論

1. 記錄一週內，身邊所聽、所見、所聞「評論他人」的內容，並標識出哪些是「事實陳述」？哪些可能是「語言霸凌」？假設自己是被語言霸凌的當事人，該如何因應呢？
2. 尋找身邊被「不友善對待」的人，觀察「他／她」的言行，寫出其中的「優／缺」點。同時也寫出自己的「優／缺」點，兩相對照之下，省思是否過於放大「他／她」的缺點，而忽略「他／她」的優點？

（王淑蕙編撰）

悲劇英雄的道路

〈項羽本紀〉（節錄）、〈題烏江亭〉、〈夏日絕句〉

◎ 單元介紹

　　本單元首先從《史記・項羽本紀》中的故事出發，探討項羽悲劇形象的塑造與歷史地位的定調；接著選讀兩首詠史詩歌，分別是唐代杜牧的〈題烏江亭〉與宋代李清照的〈夏日絕句〉，以觀察項羽這樣一位歷史人物，在不同時期、不同的文字媒體中被演繹出的形象與評價。

　　〈項羽本紀〉為司馬遷所著《史記》之第七卷，記載了少年項羽、逐鹿中原、章邯降楚、鴻門設宴、楚漢相爭、垓下之困、烏江自刎等過程，原文一萬零八百字，本課顧慮篇幅與學習之情境，僅能部分節錄。依據《史記》的體例，〈本紀〉敘朝代及帝王的軍國大事，項羽雖有稱霸之實，但未曾統一天下，建立帝號，列入〈本紀〉實為變例。在司馬遷的筆下，項羽無疑是秦末反秦戰場上最為叱咤風雲的英雄人物，三年亡秦，號令天下，號為西楚霸王；但因其本身性格的弱點和決策錯誤，最後卻成為楚漢相爭中的失敗者，終至自刎於烏江。雖說「成者為王，敗者為寇」，顯然司馬遷並未以此功過標準來定位項羽，反而是不以成敗論英雄，為他立「本紀」，項羽的歷史定位與英雄形象從此定調。

　　《史記》成書之後，廿五史皆依循其體例，可見在中國史學史

上，已樹立其經典地位。民初史學大家梁啟超稱讚此書為「千古之絕唱」，魯迅譽之為「史家之絕唱，無韻之離騷」，更可見此書對後世的文學與史學都有極大影響。司馬遷所塑造出來的悲劇英雄項羽，也因此深入人心，成為千古傳誦的歷史人物。

項羽故事中，悲劇色彩最濃厚的一筆，即為烏江自刎這一幕，千百年來一直受世人感嘆，杜牧與李清照的兩首詩正是有感於此而寫就的詠史佳作，但是兩位詩人的解讀角度卻不相同，因而發出不同的感慨。杜牧對於項羽自刎於烏江，表達深深的遺憾。他認為戰爭的勝負乃兵家常事，原就難以預料，作為一位領袖與將領，要有忍受失敗羞恥的恢弘氣度和胸襟。因此，杜牧在表示遺憾的同時，對項羽自刎烏江的行為暗藏了婉轉的批評。真正的英雄、男子漢，不但可以平靜地面對勝利，也要能夠坦然地面對失敗。如果是這樣，歷史也許會改寫。但是項羽已經自刎而死，楚漢戰爭不會重來，詩人除了遺憾，還是遺憾。而李清照則認為項羽自刎烏江，是英雄豪傑的非凡壯舉，對於項羽這一壯舉表示深深的敬意。

◎ 作者

司馬遷，字子長，（B.C.145-？）生於史官世家，自幼瀏覽先秦典籍，二十歲即展開東南大遊歷，考察了大量歷史遺跡和採集民間傳說，奠定日後寫史的基礎。繼亡父司馬談而為太史令，時年三十八歲。後因李陵敗降匈奴一事被牽累下獄，為完成《史記》之著述，乃忍辱自請宮刑。出獄後發憤著書，完成巨著《史記》。

《史記》原稱《太史公書》，記載自黃帝至漢武帝太初年間共二

千六百多年的歷史。全書包括本紀十二卷、世家三十卷、列傳七十卷、表十卷、書八卷。《史記》取材豐富、文字生動、人物形象鮮明，因此不僅是歷史鉅著，同時是一部優秀的文學著作。

◎ 選文

項羽本紀（節錄）
司馬遷
少年項羽

　　項籍者，下相[1]人也，字羽。初起時，年二十四。其季父項梁[2]，梁父即楚將項燕，為秦將王翦所戮者也。項氏世世為楚將，封於項，故姓項氏。項籍少時，學書不成，去學劍，又不成。項梁怒之。籍曰：「書足以記名姓而已。劍一人敵，不足學，學萬人敵。」於是項梁乃教籍兵法，籍大喜，略知其意，又不肯竟學。……秦始皇帝游會稽，渡浙江，梁與籍俱觀。籍曰：「彼可取而代也[3]。」梁掩其口，曰：「毋

1　下相：在今江蘇省宿遷縣西。

2　項梁：古代兄弟排行有伯仲叔季的稱謂。項梁為楚地起義軍的領導人之一，後自號為武信君。

3　彼可取而代也：我可取他而代之。按《史記・高祖本紀》記載漢高祖觀看秦皇帝出行的威嚴時，曾嘆息：「嗟夫！大丈夫當如是也！」清代王鳴盛認為：「項之言，悍而戾，劉之言，則津津不勝其歆羨矣。」或可見出兩人性格之異。

妄言，族⁴矣！」梁以此奇籍。籍長八尺餘，力能扛鼎，才氣過人，雖吳中⁵子弟皆已憚籍矣。

逐鹿中原

　　項梁已并秦嘉軍，軍胡陵，將引軍而西。章邯軍至栗，項梁使別將朱雞石、餘樊君與戰。餘樊君死。朱雞石軍敗，亡走胡陵。項梁乃引兵入薛，誅雞石。項梁前使項羽別攻襄城，襄城堅守不下。已拔，皆阬⁶之。還報項梁。項梁聞陳王定⁷死，召諸別將會薛計事。此時沛公⁸亦起沛，往焉。

　　居鄛人范增⁹，年七十，素居家，好奇計，往說¹⁰項梁曰：「陳勝敗固當。夫秦滅六國，楚最無罪。自懷王入秦不反¹¹，楚人憐之至今，故楚南公曰『楚雖三戶，亡秦必楚¹²』也。今陳勝首事，不立楚後而自立，其勢不長。今君起江東，楚蠭

4　族：古代酷刑之一，一人犯重罪，親族連帶處死。

5　吳中：今江蘇省蘇州市。

6　阬：坑殺。

7　定：確實。

8　沛公：劉邦，當時稱沛公，即後來的漢高祖。沛為高祖的故鄉，在今江蘇省沛縣。

9　范增：輔佐項羽稱霸諸侯之人，項羽尊稱他為「亞父」。後項羽中劉邦反間計，心疑范增，增憤而離去。

10　說：音ㄕㄨㄟˋ，遊說。

11　懷王入秦不反：戰國時，秦昭王與楚聯姻，邀楚懷王會面，懷王入秦國，秦伏兵斷其後，懷王竟客死於秦，這是秦國的詐計。反，同「返」。

12　楚雖三戶，亡秦必楚：戶，戶口也，謂楚人怨秦特甚，雖僅存三戶，然最後滅秦者，必為楚人。

午[13]之將皆爭附君者，以君世世楚將，為能復立楚之後也。」
於是項梁然其言，乃求楚懷王孫心民間，為人牧羊，立以為
楚懷王，從民所望也。……

鉅鹿之戰

　　項羽已殺卿子冠軍，威震楚國，名聞諸侯。乃遣當陽君、
蒲將軍將卒二萬渡河，救鉅鹿[14]。戰少利，陳餘復請兵。項羽
乃悉引兵渡河，皆沈船，破釜甑[15]，燒廬舍，持三日糧，以示
士卒必死，無一還心。於是至則圍王離，與秦軍遇，九戰，
絕其甬道[16]，大破之，殺蘇角，虜王離。涉閒不降楚，自燒
殺。當是時，楚兵冠諸侯。諸侯軍救鉅鹿下者十餘壁[17]，莫敢
縱兵。及楚擊秦，諸將皆從壁上觀。楚戰士無不一以當十，
楚兵呼聲動天，諸侯軍無不人人惴恐。於是已破秦軍，項羽
召見諸侯將，入轅門[18]，無不膝行而前，莫敢仰視。項羽由是
始為諸侯上將軍，諸侯皆屬焉。……

---

13 蠭午：蠭，古蜂字。午，縱橫交錯。蠭午，形容眾蜂飛起，縱橫交錯，意指眾
　　多。

14 救鉅鹿：秦鉅鹿即今河北省平鄉縣。當時各諸侯都派兵支援被秦軍所困的趙
　　國，楚懷王也派主帥宋義北救鉅鹿，派劉邦西攻秦國首都咸陽。

15 釜甑：釜，鍋子。甑，音ㄗㄥˋ，蒸煮食物的炊器。「破釜沈舟」典故出於此，
　　意謂毀壞炊具，鑿沈舟船，絕不回頭。

16 甬道：輸運軍糧的通道。

17 壁：軍壘。

18 轅門：泛指將帥營門或官署大門。

章邯降楚

章邯使人見項羽，欲約。項羽召軍吏謀曰：「糧少，欲聽其約。」軍吏皆曰：「善。」項羽乃與期洹水南殷虛上。已盟，章邯見項羽而流涕，為言趙高。項羽乃立章邯為雍王，置楚軍中。……

到新安。諸侯吏卒異時故繇使屯戍過秦中[19]，秦中吏卒遇之多無狀[20]，及秦軍降諸侯，諸侯吏卒乘勝多奴虜使之，輕折辱[21]秦吏卒。秦吏卒多竊言曰：「章將軍等詐吾屬降諸侯，今能入關破秦，大善；即不能，諸侯虜吾屬而東，秦必盡誅吾父母妻子。」諸侯微聞其計，以告項羽。項羽乃召黥布、蒲將軍計曰：「秦吏卒尚眾，其心不服，至關中不聽，事必危，不如擊殺之，而獨與章邯、長史欣、都尉翳入秦。」於是楚軍夜擊阬秦卒二十餘萬人新安城南。

鴻門之宴

行略定秦地。函谷關有兵守關，不得入。又聞沛公已破咸陽，項羽大怒，使當陽君等擊關。項羽遂入，至於戲西。沛公軍霸上，未得與項羽相見。沛公左司馬曹無傷使人言於項

---

19 諸侯吏卒異時故繇使屯戍過秦中：諸侯吏卒，諸侯的官吏士卒。異時，從前。繇，音 ㄧㄠˊ，征役。屯，駐防、墾殖。繇使屯戍，指被徵調服徭役或屯戍到過秦地。

20 秦中吏卒遇之多無狀：遇，對待。之，指被徵調的壯丁。無狀、無善狀、無理。意指當時秦國吏卒對待這些壯丁，非常苛虐。

21 輕折辱：隨意羞辱。

羽曰：「沛公欲王關中，使子嬰[22]為相，珍寶盡有之。」項羽大怒，曰：「旦日饗[23]士卒，為擊破沛公軍！」當是時，項羽兵四十萬，在新豐鴻門，沛公兵十萬，在霸上。范增說項羽曰：「沛公居山東時，貪於財貨，好美姬。今入關，財物無所取，婦女無所幸[24]，此其志不在小。吾令人望其氣[25]，皆為龍虎，成五采，此天子氣也。急擊勿失。」

　　沛公旦日從百餘騎來見項王，至鴻門，謝曰：「臣與將軍戮力而攻秦，將軍戰河北，臣戰河南，然不自意能先入關破秦，得復見將軍於此。今者有小人之言，令將軍與臣有郤[26]。」項王曰：「此沛公左司馬曹無傷言之；不然，籍何以至此。」項王即日因留沛公與飲。項王、項伯東嚮坐[27]。亞父南嚮坐。亞父者，范增也。沛公北嚮坐，張良[28]西嚮侍。范增數目項王，舉所佩玉玦[29]以示之者三，項王默然不應。范增

---

22 子嬰：秦始皇之孫，秦二世的姪子。趙高弒二世立子嬰，在位四十六日，投降劉邦，後被項羽所殺。

23 旦日饗：旦日，明天。饗，犒勞。

24 幸：古代封建君主對妃妾的寵愛稱為「幸」，有「加恩」之意。

25 望其氣：觀測劉邦頭上的雲氣。望氣，為古覘候之術，望雲氣而知徵兆者。

26 郤：音ㄒㄧˋ，通「隙」，嫌隙。

27 項伯東嚮坐：項伯是項羽的叔父。嚮，即「向」。項伯曾犯殺人罪，賴張良救助藏匿，因而與張良結為摯友。項、劉相會鴻門，乃張良託項伯從中周旋安排始成，讓劉邦藉機向項羽示好。羽死後，被封為射陽侯。

28 張良：字子房，韓人，家五世相韓。秦滅韓後，良變賣家產、結納刺客，椎擊秦始皇於博浪沙，未遂。逃匿於下邳（邳，音ㄆㄟˊ），獲圯上老人贈《太公兵法》。秦末，諸侯反秦，良佐劉邦得天下後，封為留侯。

29 玉玦：玦，音ㄐㄩㄝˊ，玉製的耳飾，多呈圓環形而有缺口，因「玦」與「決」同音，故古人常以玉玦寓決絕之意。此處為范增提醒項羽下定決心，除去劉邦。

起，出召項莊[30]，謂曰：「君王為人不忍，若[31]入前為壽，壽畢，請以劍舞，因擊沛公於坐，殺之。不者，若屬皆且為所虜[32]。」莊則入為壽，壽畢，曰：「君王與沛公飲，軍中無以為樂，請以劍舞。」項王曰：「諾。」項莊拔劍起舞，項伯亦拔劍起舞，常以身翼蔽沛公，莊不得擊。於是張良至軍門，見樊噲[33]。樊噲曰：「今日之事何如？」良曰：「甚急。今者項莊拔劍舞，其意常在沛公也。」噲曰：「此迫矣，臣請入，與之同命[34]。」噲即帶劍擁盾入軍門。交戟之士欲止不內，樊噲側其盾以撞，士仆地，噲遂入，披帷西嚮立，瞋目視項王，頭髮上指，目眥盡裂。項王按劍而跽[35]，曰：「客何為者？」張良曰：「沛公之參乘[36]樊噲者也。」項王曰：「壯士，賜之卮酒[37]。」則與斗卮酒。噲拜謝，起，立而飲之。項王曰：「賜之彘肩。」則與一生彘肩。樊噲覆其盾於地，加彘肩上，拔劍切而啗[38]之。項王曰：「壯士，能復飲乎？」樊噲曰：「臣死且不避，卮酒安足辭！夫秦王有虎狼之心，殺

30 項莊：項羽的堂弟。

31 若：你。

32 若屬皆且為所虜：若屬，這些項家人。且，將也，劉邦若不死，你們將來必成其階下囚；范增用此語激勵項莊。

33 樊噲：沛人，屠夫出身，和劉邦在沛縣起義反秦，屢立戰功，後封武陽侯。

34 與之同命：和項羽等人拚命。一說，與劉邦同生死。

35 跽：音ㄐㄧˋ，長跪。古人以兩膝著地，坐在腳跟上為「坐」；直身而股不著腳跟為「跪」；跪而聳身挺腰為「跽」。

36 參乘：即車上的侍衛。古代乘車，尊者在左，一人在右陪乘，稱為「參乘」。

37 卮酒：卮，音ㄓ，一杯酒。

38 啗：音ㄉㄢˋ，吃。

人如不能舉，刑人如恐不勝[39]，天下皆叛之。懷王與諸將約曰『先破秦入咸陽者王之』。今沛公先破秦入咸陽，毫毛不敢有所近，封閉宮室，還軍霸上，以待大王來。故遣將守關者，備他盜出入與非常也。勞苦而功高如此，未有封侯之賞，而聽細說[40]，欲誅有功之人。此亡秦之續耳，竊為大王不取也。」項王未有以應，曰：「坐。」樊噲從良坐。坐須臾，沛公起如廁，因招樊噲出。

沛公已出，項王使都尉陳平召沛公。沛公曰：「今者出，未辭也，為之奈何？」樊噲曰：「大行不顧細謹，大禮不辭小讓。如今人方為刀俎[41]，我為魚肉，何辭為。」於是遂去。乃令張良留謝。良問曰：「大王來何操？」曰：「我持白璧一雙，欲獻項王，玉斗一雙，欲與亞父，會其怒，不敢獻。公為我獻之。」張良曰：「謹諾。」當是時，項王軍在鴻門下，沛公軍在霸上，相去四十里。沛公則置車騎[42]，脫身獨騎，與樊噲、夏侯嬰、靳彊、紀信等四人持劍盾步走，從酈山下，道芷陽閒行[43]。沛公謂張良曰：「從此道至吾軍，不過二十里耳。度我至軍中，公乃入。」沛公已去，閒至軍中，張良入謝，曰：「沛公不勝桮杓[44]，不能辭。謹使臣良奉白璧

---

39 殺人如不能舉，刑人如恐不勝：殺人唯恐殺不盡，用刑唯恐不能極其酷刑。皆指秦心狠手辣，殺人如麻、濫用刑罰。

40 細說：小人的讒言。

41 刀俎：刀子和砧板，為切割魚肉的器具。比喻宰割者或迫害者。俎，音ㄗㄨˇ。

42 置車騎：把車子留下。

43 閒行：指抄小路走。閒，音ㄐㄧㄢˋ。

44 桮杓：音ㄅㄟ ㄕㄠˊ，酒杯與杓子。借指酒量。

一雙，再拜獻大王足下；玉斗一雙，再拜奉大將軍足下。」項王曰：「沛公安在？」良曰：「聞大王有意督過之，脫身獨去，已至軍矣。」項王則受璧，置之坐上。亞父受玉斗，置之地，拔劍撞而破之，曰：「唉！豎子不足與謀。奪項王天下者，必沛公也，吾屬今為之虜矣。」沛公至軍，立誅殺曹無傷。

居數日，項羽引兵西屠咸陽，殺秦降王子嬰，燒秦宮室，火三月不滅；收其貨寶婦女而東。人或說項王曰：「關中阻山河四塞，地肥饒，可都以霸。」項王見秦宮皆以燒殘破，又心懷思欲東歸，曰：「富貴不歸故鄉，如衣繡夜行，誰知之者！」說者曰：「人言楚人沐猴而冠[45]耳，果然。」項王聞之，烹說者。

楚漢相爭

當此時，彭越數反梁地，絕楚糧食，項王患之。為高俎，置太公其上，告漢王曰：「今不急下[46]，吾烹太公。」漢王曰：「吾與項羽俱北面受命懷王[47]，曰『約為兄弟』，吾翁若翁，必欲烹而翁，則幸分我一桮羹。」項王怒，欲殺之。項伯曰：「天下事未可知，且為天下者不顧家，雖殺之無益，祇益禍耳。」項王從之。……

---

45 楚人沐猴而冠：沐猴，獼猴。沐猴而冠指獼猴生性急躁，不能若人久著冠帶。比喻楚人的性情暴躁。

46 急下：趕快投降。

47 北面：古時君主見臣下，南面而坐，臣下北面朝見君主，故以北面指稱臣。

是時，漢兵盛食多，項王兵罷[48]食絕。漢遣陸賈說項王，請太公，項王弗聽。……漢王復使侯公往說項王，項王乃與漢約，中分天下，割鴻溝[49]以西者為漢，鴻溝而東者為楚。項王許之，即歸漢王父母妻子。軍皆呼萬歲。……項王已約，乃引兵解而東歸。

漢欲西歸，張良、陳平說曰：「漢有天下太半，而諸侯皆附之。楚兵罷食盡，此天亡楚之時也，不如因其機而遂取之。今釋弗擊，此所謂『養虎自遺患』也。」漢王聽之。

垓下之圍

項王軍壁垓下[50]，兵少食盡，漢軍及諸侯兵圍之數重。夜聞漢軍四面皆楚歌，項王乃大驚曰：「漢皆已得楚乎？是何楚人之多也！」項王則夜起，飲帳中。有美人名虞，常幸從；駿馬名騅，常騎之。於是項王乃悲歌慷慨，自為詩曰：「力拔山兮氣蓋世，時不利兮騅不逝。騅不逝兮可奈何，虞兮虞兮奈若何[51]！」歌數闋，美人和之。項王泣數行下，左右皆泣，莫能仰視。

於是項王乃上馬騎，麾下壯士騎從者八百餘人，直夜潰圍南出，馳走。平明，漢軍乃覺之，令騎將灌嬰以五千騎追

---

48 罷：勞乏、困倦。通「疲」。音 ㄆㄧˊ。

49 鴻溝：河川名，在今河南省滎陽縣，為楚漢分界處。今比喻界限分明。

50 垓下：地名。在今安徽省靈壁縣東南，漢高祖圍項羽於此。垓，音 ㄍㄞ。

51 「自為詩曰」以下四句：即後人所謂的「垓下歌」。騅，音 ㄓㄨㄟ，毛色黑白相雜的馬。逝，往也。「奈若何」即「奈汝何」，意指「我該如何安排你呢？」

之。項王渡淮，騎能屬者百餘人耳[52]。項王至陰陵，迷失道，問一田父，田父紿[53]曰「左」。左，乃陷大澤中。以故漢追及之。項王乃復引兵而東，至東城，乃有二十八騎。漢騎追者數千人。項王自度不得脫。謂其騎曰：「吾起兵至今八歲矣，身七十餘戰，所當者破，所擊者服，未嘗敗北，遂霸有天下。然今卒困於此，此天之亡我，非戰之罪也。今日固決死，願為諸君快戰，必三勝之，為諸君潰圍，斬將，刈旗[54]，令諸君知天亡我，非戰之罪也。」乃分其騎以為四隊，四嚮。漢軍圍之數重。項王謂其騎曰：「吾為公取彼一將。」令四面騎馳下，期山東為三處[55]。於是項王大呼馳下，漢軍皆披靡，遂斬漢一將。是時，赤泉侯為騎將，追項王，項王瞋目而叱之，赤泉侯人馬俱驚，辟易數里[56]。與其騎會為三處，漢軍不知項王所在，乃分軍為三，復圍之。項王乃馳，復斬漢一都尉，殺數十百人，復聚其騎，亡其兩騎耳。乃謂其騎曰：「何如？」騎皆伏曰：「如大王言。」

---

52 騎能屬者百餘人耳：跟上來的騎兵只剩一百多人。

53 紿：音ㄉㄞˋ，欺詐、欺騙。

54 刈旗：砍倒軍旗。刈，音ㄧˋ，斷、殺也。

55 期山東為三處：約定在山的東邊分三處集合。

56 辟易數里：退了好幾里路。辟，音ㄅㄧˋ，迴避。

烏江自刎

於是項王乃欲東渡烏江。烏江亭長檥船待[57]，謂項王曰：「江東雖小，地方千里，數十萬人，亦足王也。願大王急渡。今獨臣有船，漢軍至，無以渡。」項王笑曰：「天之亡我，我何渡為！且籍與江東子弟八千人渡江而西，今無一人還，縱江東父兄憐而王我，我何面目見之？縱彼不言，籍獨不愧於心乎？」乃謂亭長曰：「吾知公長者。吾騎此馬五歲，所當無敵，嘗一日行千里，不忍殺之，以賜公。」乃令騎皆下馬步行，持短兵接戰。獨籍所殺漢軍數百人。項王身亦被十餘創。顧見漢騎司馬呂馬童，曰：「若非吾故人乎[58]？」馬童面之，指王翳曰：「此項王也。」項王乃曰：「吾聞漢購我頭千金，邑萬戶，吾為若德[59]。」乃自刎而死。……

---

57 烏江亭長檥船待：烏江，水名，在安徽省，土多黑壤故名烏江，今名烏江浦。亭長，秦漢時每十里為一亭，設亭長一人；掌治安、訴訟等事。檥，音 ㄧˇ，移船靠岸。待，等待。

58 若非吾故人乎：你不是我的老朋友嗎？呂馬童本是項羽部下，後來投靠劉邦，在項羽自刎前指證之，並搶得部分遺體，而受封為中水侯。

59 吾為若德：我就把這人情送給你吧！

太史公贊

　　太史公曰：吾聞之周生曰「舜目蓋重瞳子[60]」，又聞項羽亦重瞳子。羽豈其苗裔[61]邪？何興之暴[62]也！夫秦失其政，陳涉首難，豪傑蠭起，相與並爭，不可勝數。然羽非有尺寸[63]，乘勢起隴畝[64]之中，三年，遂將五諸侯[65]滅秦，分裂天下，而封王侯，政由羽出，號為「霸王」，位雖不終，近古以來未嘗有也。及羽背關懷楚[66]，放逐義帝而自立[67]，怨王侯叛己，難矣。自矜[68]功伐，奮其私智而不師古[69]，謂霸王之業，欲以力征經營天下，五年卒亡其國，身死東城，尚不覺寤而不自責，過矣。乃引「天亡我，非用兵之罪也」，豈不謬哉！

---

60 重瞳子：眼球裡面有兩個瞳仁，古人認為這是神異之相。

61 苗裔：後代。

62 暴：急、快速。

63 非有尺寸：指項羽沒有任何憑藉。尺寸，小的計量單位，引申為小、輕微。

64 隴畝：田野，此處指民間。

65 五諸侯：指齊、趙、韓、魏、燕五國。

66 背關懷楚：指項羽放棄關中形勢險要之地，回到故鄉楚地，建都彭城。

67 放逐義帝而自立：義帝，項梁起兵時所立之楚懷王。項羽滅秦後，自立為西楚霸王，尊懷王為義帝。後項羽徙義帝於長沙，旋又命人殺於江中。

68 矜：誇耀。

69 奮其私智而不師古：仗恃自己的聰明而不效法古人。師，效法。

◎ 作者

　　杜牧（803-852），字牧之，號樊川，晚唐著名詩人。擅寫長篇五言古詩和七律，內容以詠史抒懷為主，其詩英發俊爽，多切經世之物，在晚唐成就頗高。人稱「小杜」，以別於杜甫。

◎ 選文

題烏江亭

杜牧

勝敗兵家事不期，包羞忍恥[70]是男兒。

江東子弟多才俊，捲土重來[71]未可知。

---

70 包羞忍恥：容忍羞愧、恥辱。

71 捲土重來：捲土，人馬奔跑時揚起塵土。捲土重來比喻事情失敗後，重組力量，再次來過。

◎ 作者

　　李清照（1084-1155），號易安居士，宋代女性詞人，婉約詞派代表，中國歷史上最負盛名的才女。李清照出生於書香門第，早期生活優裕，其父李格非藏書甚富，她小時候就在良好的家庭環境中打下文學基礎。出嫁後與夫趙明誠共同致力於書畫金石的搜集整理。金兵入據中原時，流寓南方，境遇孤苦。所作詞，前期多寫其悠閒生活，後期多悲歎身世，情調感傷。亦能詩，留存不多，部分篇章感時詠史，情辭慷慨，與其詞風不同。

◎ 選文

夏日絕句

李清照

生當作人傑，死亦為鬼雄[72]。
至今思項羽，不肯過江東[73]。

---

72 本詩前兩句：活在世上應當是人間豪傑，就是死了也要作鬼中英雄。
73 本詩後兩句：人們到現在還思念項羽，只因他不肯偷生回江東。

◎ 延伸閱讀

1. 電影：〈霸王別姬〉，導演：陳凱歌，改編自李碧華同名小說，張國榮、張豐毅、鞏俐主演。

2. 曾仕良、鄭昱蘋，〈從「項羽本紀」到「霸王別姬」——文字符號到戲曲的呈現〉，《南開學報》第八卷第一期，2011。

◎ 活動與討論

1. 何謂真正的英雄？請同學列舉討論不同電影中的英雄形象。

2. 做中學：寫一段小短文，在短文中適當運用〈項羽本紀〉中的任何一則典故。譬如：「四面楚歌」、「鴻門宴」、「無顏見江東父老」等。

（林麗美編撰）

媒體 三 千古是非話此情

〈過華清宮絕句三首〉（其一）、
〈馬嵬〉（其二）、〈馬嵬坡〉

◎ 單元介紹

　　天寶十五年（756）六月，安史叛軍攻破潼關，直逼長安，唐玄宗攜楊貴妃及楊國忠父子倉皇西逃。逃至馬嵬坡（今陝西省興平縣西南），禁軍大將陳玄禮祕密請示天下兵馬元帥、太子李亨後，殺死了楊國忠父子。但是，禁軍將士仍然聚集在一起，群情激昂，不肯散去。唐玄宗派高力士去探問究竟，得到的回答是「賊（禍）本（指楊貴妃）尚在」。迫於情勢危險，唐玄宗只好忍痛讓楊貴妃「縊死」。

　　楊貴妃死後，唐代詩人以「馬嵬坡」或「馬嵬驛」為題，或以馬嵬坡事件為主要內容而寫的詩歌，在《全唐詩》中就收錄三十幾首。這些詩歌，詩人寫作的態度與觀點可以分成以下幾種：一是肯定唐明皇做出賜死楊貴妃的決定，如杜甫〈北征〉、鄭畋〈馬嵬行〉、劉禹錫〈馬嵬行〉長詩等均是。二是為楊貴妃鳴不平。不少詩人認為，安史之亂、唐朝國運衰微，不能歸咎於楊貴妃，楊貴妃是被冤枉的，如徐夤〈開元即事〉與〈馬嵬〉、高駢〈馬嵬驛〉、黃滔〈馬嵬〉、羅隱〈馬嵬坡〉等。三是同情唐玄宗。認為大唐帝國的鼎盛時期，就是他在位的開元、天寶（712-756）年間；安史之亂玄宗是受害者，摯愛的貴妃死了，晚景淒涼，如唐求〈馬嵬感事〉、崔道融〈馬嵬〉、李商隱〈馬嵬二首〉、白居易〈長恨歌〉等。四是對楊貴妃的亡靈表示

憐香惜玉之情，如蘇拯〈經馬嵬坡〉、黃滔〈馬嵬二首〉、賈島〈馬嵬〉等。五是對唐玄宗與楊貴妃都加以批評，如杜牧〈過華清宮〉。

最特別的是玄想離奇、超現實的詩作，認為唐明皇、楊貴妃雖然在馬嵬坡死別，但是，終究會在蓬萊仙境中相遇。如蜀宮群仙〈太真〉詩云：「春夢悠揚生下界，一堪成笑一堪悲。馬嵬不是無情地，自遇蓬萊睡覺時。」

此外，還有人從馬嵬坡事件引發另類的感慨。例如于濆就發出了生女兒愁她們長得太漂亮的感慨：「常經馬嵬驛，見說坡前客。一從屠貴妃，生女愁傾國。是日芙蓉花，不如秋草色。當時嫁匹夫，不妨得頭白。」

本單元選錄唐代詩人杜牧〈過華清宮絕句三首〉（其一）、李商隱〈馬嵬〉（其二）、鄭畋〈馬嵬坡〉三首詩。杜牧經過華清宮時，因感歎唐玄宗、楊貴妃奢侈誤國而寫了〈過華清宮〉。全詩不用僻字，不使典故，寓意精深，含蓄有力，有以微見著的諷刺效果。李商隱〈馬嵬〉詩對楊貴妃頗為同情，對李楊之愛深為歎惋，對玄宗之誤國失愛則寄以無限諷喻。全詩同情和諷喻兩種情結糾纏其間。鄭畋〈馬嵬坡〉詩上聯暗示馬嵬賜死，事出不得已，雖時過境遷，玄宗仍未忘懷雲雨舊情。所以下聯以陳後主對比，要人們諒解玄宗當日的處境。同一個歷史故事，本單元所選的三首詩就有三種不同的觀點，因此，我們應當認知，理未易明，事未易察，不論何種形式的媒體，其所傳達的訊息，可能受到各種因素的影響，多多少少會偏離真相，甚至故意扭曲事實，做為一個當代公民，閱讀媒體報導、評論一個事件或人物時，保持獨立思考的能力，不被誤導、利用、欺瞞，無疑是一件很重要的事。

◎ 作者

　　杜牧（803-852），字牧之，號樊川居士，京兆萬年（今陝西西安）人。杜牧是宰相杜佑之孫，為唐代傑出的詩人、散文家。唐文宗太和二年（828）二十六歲中進士，授弘文館校書郎。歷任黃州、池州、睦州刺史等職。

　　晚年居長安南樊川別墅，故後世稱「杜樊川」，著有《樊川文集》。杜牧的詩歌以七言絕句著稱，內容以詠史抒懷為主，其詩英發俊爽，多切經世之務，在晚唐成就頗高。杜牧人稱「小杜」，以別於杜甫，「大杜」。與李商隱並稱「小李杜」。

◎ 選文

過華清宮絕句三首[1]（其一）

杜牧

長安回望[2]繡成堆[3]，山頂千門[4]次第[5]開。

一騎[6]紅塵[7]妃子[8]笑，無人知是荔枝來。

1　華清宮：在陝西省臨潼縣城南驪山西北麓，唐玄宗和楊貴妃避暑之地。
2　回望：指過了驪山後去長安的路上回頭望。
3　繡成堆：指林木、花草、樓臺像一堆錦繡。
4　千門：無數的宮門。
5　次第：逐層地；一個接著一個。
6　一騎：一人一馬稱為一騎。
7　紅塵：揚起的塵土。
8　妃子：指楊貴妃。

◎ 作者

　　李商隱（813-858），唐代詩人。字義山，號玉溪生、樊南生。懷州河內（今河南沁陽縣人）。唐文宗開成二年（837）進士及第。李商隱處於牛李黨爭的夾縫之中，一生抑鬱不得志。詩歌成就很高，與杜牧合稱「小李杜」，與溫庭筠合稱為「溫李」，與同時期的段成式、溫庭筠風格相近，且都在家族裡排行十六，故並稱為「三十六體」。其詩或抒發政治失意之痛，或反映晚唐政治生活，或為托古諷今的詠史之作。其描寫愛情生活的無題詩，構思新巧，辭藻華美，想像豐富，格律嚴整，風格婉轉纏綿，文學價值較高，最為讀者所喜愛。有《李義山詩集》。但部分詩歌過於隱晦迷離，難於索解，至有「詩家總愛西昆好，獨恨無人作鄭箋」之說。

◎ 選文

馬嵬（其二）

李商隱

海外徒聞更九州[9]，他生未卜[10]此生休。

空聞虎旅[11]傳宵柝[12]，無復雞人[13]報曉籌[14]。

此日[15]六軍同駐馬[16]，當時七夕笑牽牛[17]。

如何四紀[18]為天子，不及盧家有莫愁[19]。

---

9 更九州：更，還、又。古稱中國有九州，戰國時鄒衍創「大九州」之說，說中國九州之外，還有九個如九州這麼大的地方，故稱「海外九州」。此指海外仙山。

10 他生未卜：陳鴻〈長恨歌傳〉：「上憑肩而立，因仰天感牛（牛郎）女（織女）事，密相誓心，願世世為夫婦。」他生，來生。

11 虎旅：張衡〈西京賦〉：「陳虎旅於飛廉」，《文選》李善注：「《周禮》：虎賁，下大夫；旅賁，中士也。」虎旅是侍從皇帝的禁軍。此指跟隨唐玄宗赴蜀的禁軍。

12 宵柝：柝，音ㄊㄨㄛˋ。指夜間報更的刁斗聲。

13 雞人：古時宮中報曉之人。《周禮‧春官‧雞人》：「雞人掌共雞牲，辨其物。大祭祀，夜呼旦以嘂百官。」

14 籌：即更籌，古代夜間報更用的計時竹籤。這裡借指時間。

15 此日：指天寶十五年六月十四日玄宗夜宿馬嵬這一天。六軍，《周禮‧夏官‧司馬》：「王六軍，大國三軍，次國二軍，小國一軍。」一軍一萬二千五百人。此指玄宗禁衛軍。

16 同駐馬：共同停下馬，持戟不前。

17 七夕笑牽牛：當年七月七日玄宗、楊貴妃在長生殿上，笑天上牛郎織女一年只能相會一次，不及他們天天能在一起。

18 四紀：木星繞太陽一周為一紀，共十二年，四紀是四十八年。

19 莫愁：古時洛陽美女，南朝樂府〈河中之水歌〉：「河中之水向東流，洛陽女兒名莫愁。……十五嫁為盧家婦，十六生兒字阿侯。」莫愁婚後很幸福，詩人以此與玄宗、楊貴妃的遭遇相比較。

◎ 作者

鄭畋（823-882），字台文，河南滎陽人，會昌二年（842）進士及第。劉瞻鎮北門，辟為從事。瞻作相，薦為翰林學士，遷中書舍人。乾符中，以兵部侍郎同平章事，尋出為鳳翔節度使，拒巢賊有功，授檢校尚書左僕射。有詩一卷，《全唐詩》錄存十六首。性寬厚，能詩文。

◎ 選文

> ### 馬嵬坡[20]
>
> #### 鄭畋
>
> 玄宗回馬楊妃死[21]，雲雨難忘日月新[22]。
> 終是聖明天子事，景陽宮井又何人[23]。

---

20 馬嵬坡：即馬嵬驛，因晉代名將馬嵬曾在此築城而得名，在今陝西興平市西，為楊貴妃縊死的地方。

21 回馬：指大亂平定，兩京收復，唐玄宗由蜀還長安。

22 「雲雨」句：出自宋玉〈高唐賦〉「旦為朝雲，暮為行雨」，後引申為男女歡愛。此句意謂玄宗、貴妃之間的恩愛雖難忘卻，而國家卻已一新。

23 景陽宮井：故址在今江蘇省南京市玄武湖邊。南朝陳後主（陳叔寶）故事，當隋兵攻進金陵，陳後主和寵妃張麗華、孫貴嬪躲在景陽宮井內，一同被俘。

◎ 延伸閱讀

1. 張淑瓊主編，《中國文學總欣賞》，新店：地球，1997。
2. 周振甫等，《詩文鑑賞方法二十講》，臺北市，國文天地，1989。

◎ 活動與討論

1. 搜集同一事件而報導內容不同的例子加以分析討論。
2. 搜集翻案詩歌與文章，探討其命意與寫作手法。

（康雲山編撰）

寫一首詩給妳
〈夜雨寄北〉、〈無題詩〉

◎ 單元介紹

　　「書信」是古代訊息傳播的一種重要方式，隨著文體的多元與成熟，或以散文或以詩作等體裁呈現。如唐朝幾乎人人能詩，作者來自不同的階層，因此「以詩代信」是唐代可見的現象。本單元選擇晚唐李商隱的兩首詩作：〈夜雨寄北〉是雨夜寫詩回覆妻子說明歸期與思念，屬於狹義的書信傳播功能。〈無題詩〉（相見時難別亦難）是藉著詩作的流傳，傳達情意給特定之人，屬於廣義的書信傳播功能。

　　〈夜雨寄北〉又名〈夜雨寄內〉，屬七言絕句，由詩題可知作者於雨夜「以詩代信」寄給妻子。首句「君問歸期未有期」，接到詢問信件後回覆妻子，說明「歸期未定」之意。次句「巴山夜雨漲秋池」，將寫作的地點、時間、氣候、季節簡約在七字之內。秋季清新的夜晚，臨窗溢滿雨水的池塘，很具畫面感。第三句「何當共剪西窗燭」，夫妻間秉燭夜話的家居生活，使日後的重逢更令人期待。末句「卻話巴山夜雨時」，重逢於西窗下秉燭夜話的內容，即是那個提筆寫詩、彼此相思的夜晚。短短四句，共二十八字，傳達夫妻間纏綿的情意，極具特色。

　　〈無題詩〉（相見時難別亦難），屬七言律詩，由詩題可知作者具有難言之隱。首聯「相見時難別亦難，東風無力百花殘」，以「見與別」的兩難，影射這份情感在培養上的難言之隱。極難相見之人別

離時，觸目所見是隨風飄散的落花。本應是落英繽紛的美景，卻以「無力」與「花殘」來象徵「心如死灰」的情緒。頷聯「春蠶到死絲方盡，蠟炬成灰淚始乾」，「春蠶」與「蠟炬」說明即使生命短暫如蠶與燭，也要盡其一生為思念而垂淚的強烈情感。頸聯「曉鏡但愁雲鬢改，夜吟應覺月光寒」，相見後匆匆離別的兩人，因白天「驚鴻一瞥」觸動當夜輾轉難眠。男子藉徹夜吟詩來冷卻激動的心情，女子隔日鏡中映現著散亂的髮型。末聯「蓬山此去無多路，青鳥殷勤為探看」，現實生活中無法相見交流的彼此，只能藉詩作的公開流傳，將此難言之情傳達給她。

◎ 作者

　　李商隱（812-858）晚唐詩人，字義山，號玉谿生，懷州河內人。父親早逝，家境貧困，勤奮向學。十七歲得牛黨太平軍節度使令狐楚賞識，使其子令狐綯與之結交。二十五歲經令狐綯引薦，考取進士。爾後娶李黨王茂元之女，從此捲入朝廷朋黨的政爭中，憂鬱愁悶直到去逝。

◎ 選文

夜雨寄北

李商隱

君問歸期未有期，巴山[1]夜雨漲秋池。

何當共剪西窗燭[2]，卻話[3]巴山夜雨時。

無題詩

李商隱

相見時難別亦難，東風[4]無力百花殘。

春蠶到死絲[5]方盡，蠟炬成灰淚[6]始乾。

曉鏡但愁雲鬢改，夜吟應覺月光寒。

蓬山[7]此去無多路，青鳥[8]殷勤為探看。

---

1 巴山：泛指大巴山一帶的中國西南山地地區。

2 共剪西窗燭：思念妻子，盼望相聚，亦作「西窗翦燭」。剪燭，唐代蠟燭燭心由棉線搓成，由於無法燒盡炭化，必須不時地剪去殘留的燭心末端。西窗，漢以後西北邊境，經常發起對匈奴、突厥的戰爭。因此「西窗」在古典詩詞中，象徵思念遠征親人之意。

3 卻話：回首重新談起。卻，回頭、回顧之意。

4 東風：春風。

5 絲：音諧同「思」。

6 淚：蠟燭點燃時所流溢的油脂，為燭淚。

7 蓬山：蓬萊山，為神話傳說中的仙山。暗指所戀女子的住處。

8 青鳥：傳說中西王母的使者。

◎ 延伸閱讀

1. 潘希真，《琦君書信集》，臺南市：國立臺灣文學館，2007。

2. 羅莎莉耶‧馬吉歐編著，張益銘譯，《經典書信的藝術》，臺中市：晨星出版社，2001。

3. 費玉清，〈歸帆〉，《新歌與精選（楚留香新傳）》，臺灣東尼機構王振敬股份有限公司，1985。

◎ 活動與討論

1. 唐朝寫詩是全民運動，因此詩也能成為書信的形式。如李商隱的〈夜雨寄北〉，即是雨夜寫信給遠在家鄉妻子的詩，也是回信。請試著以絕句的形式，擬作一首「書信詩」。

2. 在電信設備先進的時代，動筆書寫信件的人越來越少。請列舉現在跟親友連繫的幾種方式？你認為這些方式的優、缺點為何？「書信」在現代有存在的必要嗎？

（王淑蕙編撰）